영원한 촌놈

영원한 촌놈

초판 1쇄 인쇄 l 2015.5.01
초판 1쇄 발행 l 2015.5.09
지은이 l 정병수
발행인 l 황인욱
발행처 l 도서출판 오래

주소 l 서울특별시 용산구 한강로 2가 156-13
이메일 l orebook@naver.com
전화 l (02)797-8786~7, 070-4109-9966
팩스 l (02)797-9911
홈페이지 l www.orebook.com
출판신고번호 l 제302-2010-000029호

ISBN 979-11-5829-001-6 (03810)

회계학 박사가 들려주는 아주 특별한 '촌놈' 이야기

영원한 촌놈

글 정병수

圖書出版 오래

   내 고향은 버스도 다니지 않던 산골 농촌이다. 서울로 고등
학교에 진학하기까지 나는 줄곧 그곳에서 살았다. 우리 마을에
는 양지바른 곳에 30호 남짓한 초가집들이 옹기종기 모여 산다.
마을 뒤로 펼쳐진 대나무밭과 마을 앞의 드넓은 논밭들 사이로
굽이굽이 흐르는 개울이 초가집들과 어우러져 한 폭의 산수화
를 그려낸다. 나는 그 속에서 추억을 쌓고 꿈을 키우며 어린 시
절을 보냈다.

   돌이켜 보면, 내 어린 시절은 놀았던 기억보다 일을 한 기억
이 더 많다. 엄하셨던 아버님은 어린 내게까지 신체 발육에 알
맞는 일거리를 할당해주셨다. 주로 개똥 줍기, 소꼴배기, 소죽
끓이기, 땔감하기, 보리타작, 모내기, 가을타작 등이었다. 나는
원치 않았지만 학교를 마치면 곧장 논밭으로 달려가 부모님의

일손을 거들어야 했다.

　농사는 정직하여 사람 손이 얼마나 가느냐에 따라 수확량이 달라진다. 그러나 학생 신분으로 매일 일을 해야 한다는 사실에 때론 아버님이 밉기도 했다. 농사일 때문에 숙제는 늘 저녁 식사 이후, 그것도 전깃불도 아닌 침침한 석유 등잔불 밑에서 졸린 눈을 비벼가며 해야 했다.

　학교 가는 길은 또 얼마나 멀었던지. 비가 오나 눈이 오나 매일 시오리나 되는 비포장도로를 걸어 다녀야 했다. 하지만 그때 그 먼 길을 오가느라 단련된 체력이 지금까지 나의 건강을 받쳐주고 있으니 고마울 따름이다. 또한 등하교 길의 무료함을 달래려 외운 영어 단어들은 지금 내 영어 실력의 모두이다.

　고등학교 진학을 위해 서울로 온 이후부터 지금까지 나는 40

여 년 동안을 줄곧 서울에서 살아왔다. 그동안 대학과 대학원을 졸업하고, 공인회계사 시험에 합격했으며, 박사학위도 취득했다. 나는 서울 여성과 결혼하여 서울에서 가족을 이루었고, 사회생활도 줄곧 서울에서 했지만, 완전한 서울 사람은 아니다. 그렇다고 딱히 고향 사람에 속하는 것도 아니다. 어쩌면 나는 카뮈의 '이방인' 처럼 살아가고 있는 것은 아닐까?

어쩌면 어릴 적 고향에서의 이런 저런 모습과 풍경들이 내 마음 속 깊이 각인되어 60평생 나의 생각을 지배해 오고 있는지도 모른다. 나는 아직도 그때 쓰던 억양을 버리지 못하고 있으며, 보리 비빔밥 등 어머니가 해주시던 투박한 음식이 여전히 편하고 맛있다.

나이가 들면서 갖게 되는 수구지심(首丘之心)의 발로일까.

정지용 시인의 향수라도 듣게 되는 날이면 어릴 적 뛰놀던 시골 풍경이 눈앞에 그려지며 가슴이 뭉클해지곤 한다.

"넓은 벌 동쪽 끝으로 옛이야기 지줄대는 실개천이 회돌아 나가고 얼룩백이 황소가 해설피 금빛 게으른 울음을 우는 곳 그 곳이 차마 꿈엔들 잊힐리야...."

비단 나뿐만 아니라 고향에 대한 그리움은 누구에게나 당연한 것이리라. 겉모습이 세련된 서울 사람으로 변했다 한들 자신의 뿌리인 고향을 어찌 잊을 수 있겠는가.

내가 다녔던 고향의 초등학교는 학생 수 감소로 현재 폐교를 걱정하는 사람이 많다. 학생 수를 늘리기 위한 여러 방안을 모색하지만 뾰족한 해답이 나오지 않는다. 어찌 보면 위기의 고향이다. 그러나 연어가 그러하듯 어릴 적 나의 친구들도 다시 고향으로 몰려들어 르네상스를 이룰지도 모른다. 그곳에는 저마다의 어릴 적 추억이 살아있고, 부모님이 계시며, 또 부모님의 부모님이 계시는 영원한 본향이기 때문이다.

21세기 우리 사회는 세계화의 추세에 발맞춰 가면서도 한편으로는 맑은 공기와 풍치를 찾아서 귀촌을 하거나, 유기(有機)농사를 위해 용기 있는 귀농이 늘고 있다. 무릇 건강한 복지사회란 자연과의 조화 속에 성장이 있는 사회일 것이다. 흙에서 나서 흙에서 자란 나는 서울이라는 도시에서 생활하면서도 고향을 한시도 잊은 적이 없는 촌놈이다. 아니 영원한 촌놈이 되고 싶다.

향수에 젖었을 때 틈틈이 적어 고향의 '합천신문'에 투고한 글과 촌놈의 단상들을 2015년 3월 월간 한국수필 신인상 등단에 용기를 내어 엮어 보았다. 글은 자신을 드러내 보이는 것이라고 하는데, 어차피 보여줄 바에야 이왕이면 아름답게 보였으면 하는 소망이다. 그러나 글재주가 워낙 없어 심히 부끄러울 뿐이다. 지난 1년여 간 습작으로 생각을 나누고 다듬기에 함께한 '한티벌 문학' 동인들을 비롯하여 내가 아는 모든 분들에게 감사드린다.

2015년 5월 9일
정병수

9

| Contents |

저자의 말 • 4

그리운 고향

01_ 내 고향 정자나무 숲 • 17

02_ 유리병에 담긴 흙 한 줌 • 23

03_ 3월의 수구초심 • 28

04_ 고향의 파라다이스 • 31

05_ 잊지 못할 고향의 찐빵 맛 • 34

06_ 백견이 불여일행 • 37

07_ 공자 사당에 심어진 측백나무 • 41

08_ 총동창회, 우리들의 이야기 • 47

09_ 가르침은 두 번 배우는 일이다. • 50

10_ 아버지의 눈물 • 54

11_ 홀기와 축문의 재발견 • 59

영원한 촌놈

01_ 영원한 촌놈 · 65

02_ 끝내 하지 못한 인사 · 72

03_ '진정한 여행'을 위한 준비 · 78

04_ 예비고사 날 마라톤 한 사연 · 85

05_ 영원한 스승 · 91

06_ 서서 치른 시험 · 98

07_ 초보 회계사가 혼쭐난 사연 · 104

08_ 낡은 전기면도기의 추억 · 110

09_ 현금보관증 · 115

10_ 15년 동안의 행복 · 123

11_ 감사(監事)와 감사(感謝) · 128

생각의 여적

01_ 애매함의 여적(餘滴) · 135

02_ 4전5기의 운전면허증 · 139

03_ 월척 광어 바다낚시 · 143

04_ 요로 결석, 작지만 큰 고통 · 148

05_ 마지막 이사(移徙)이기를 · 152

06_ 국기에 대한 맹세 · 156

07_ 억수로 재수 좋은 날 · 159

08_ 고소공포증과 폐쇄공포증 · 162

09_ 각당 선생님을 그리며 · 167

10_ 슬픔 없는 이별이 있으랴 · 170

11_ 갈수록 태산 · 174

가벼운 사색

01_ 작고도 강한 코리아 · 183

02_ 음력 생일과 기일 · 187

03_ 소음은 괴로워 · 193

04_ 등산의 즐거움 · 198

05_ 축구와 경영 · 201

06_ 회의는 짧게, 문서는 간결하게 · 204

07_ 21세기는 여성의 시대 · 208

08_ 오해없는 쉬운 어휘를 사용하자 · 212

09_ 성실한 납세자가 존경받는 사회를 · 217

10_ 일하지 않는 자는 먹지도 마라 · 223

11_ 북촌(北村), 현실과 상상의 해후 · 227

12_ 아프리카 희망봉에서 · 232

그리운 고향

향수

넓은 벌 동쪽 끝으로
옛이야기 지줄대는 실개천이 회돌아 나가고,
얼룩백이 황소가
해설피 금빛 게으른 울음을 우는 곳,

그곳이 참하 꿈엔들 잊힐리야.

질화로에 재가 식어지면
뷔인 밭에 밤바람 소리 말을 달리고,
엷은 조름에 겨운 늙으신 아버지가
짚벼개를 돋아 고이시는 곳,

그곳이 참하 꿈엔들 잊힐리야.

흙에서 자란 내 마음
파아란 하늘 빛이 그립어
함부로 쏜 활살을 찾으려
풀섶 이슬에 함추름 휘적시든 곳,

그곳이 참하 꿈엔들 잊힐리야.

-정지용-

01_ 내 고향 정자나무 숲

02_ 유리병에 담긴 흙 한 줌

03_ 3월의 수구초심

04_ 고향의 파라다이스

05_ 잊지 못할 고향의 전빵 맛

06_ 백견이 불여일행

07_ 공자 사당에 심어진 측백나무

08_ 총동창회, 우리들의 이야기

09_ 가르침은 두 번 배우는 일이다.

10_ 아버지의 눈물

11_ 홀기와 축문의 재발견

내 고향 정자나무 숲

　오랜만에 둘째 아들과 함께 고향 마을 앞산에 자리하고 있는 부모님 산소에 들렀다. 가족 묘원이 조성되기 전인 이십 년 전까지는 윗대의 묘가 여기저기에 흩어져 있어 성묘 한 번 하기도 여간 힘든 일이 아니었다. 그러던 것이 사시사철 꽃이 피는 아담한 가족묘원이 조성된 이후부터는 부모님을 찾아가는 길이 훨씬 편해졌다. 그래서 1년에 한 번쯤은 가족묘원에 들러야지 했는데, 천리 길이 멀다는 핑계로 지금까지 제대로 지키지 못했다. 이번에도 3년 만의 발걸음이었다.

　어릴 적 고향 마을에는 삼십여 가구가 살았는데, 지금은 겨우 십여 가구만이 남아 있다. 이 점만 보아도 도농 간의 인구가 얼마

그리운 고향

17

나 양극화 되어 있는지를 짐작할 수 있다. 부모님 묘소 참배를 마치고 안부도 전할 겸 마을로 향했다.

아마도 시원한 그늘이 있는 정자나무 숲에 가면 동네 어르신들이 삼삼오오 모여 계시리라. 아니나 다를까, 노인들 십여 분이 심심한 듯 정자나무 밑에 자리를 깔고 한가롭게 부채질을 하고 계셨다.

"안녕하십니껴? 병수인데예…"

"아이고, 정 박사 니가 웬 일이고? 반갑데이."

팔순이 넘은 당숙모가 반갑게 맞아준다.

"그런데 옆에 있는 총각은 누고? 혹시 미국에 공부하러 간 느그 둘째 아이가?"

"예, 맞습니다. 한용이라고 합니다. 안녕하십니까?"

아들이 인사를 하자, 그만 화제가 둘째 아들과 미국으로 옮겨간다. 어르신들은 미국에 대해 TV에서 간혹 보기는 했어도 궁금하다며 이것저것 묻기 시작한다. 얘기가 재미있는지 꽤나 시간이 지나도 끝날 기미가 안 보여 나는 슬그머니 자리에서 일어났다.

내가 태어나고 자란 이곳은 대나무가 마을을 감싸고, 그 뒤로는 빽빽이 우거진 곰솔 밭이 풍치를 더해준다. 곰솔 밭에서는 산비둘기와 꿩의 울음이 끊이지 않고, 토끼는 물론이고 노루와 늑대도 심심찮게 출몰한다. 마을 앞길은 자동차 한 대가 겨우 다닐 정도이고, 촘촘히 붙어 있는 초가집 골목은 겨우 리어카를 끌 수 있을 정도로 좁다. 10리 떨어진 골짜기에서 발원한 냇물은 여러 마을을 거쳐 고향 마을 앞을 휘돌아 흐른다. 그 개천을 사이에 두고 좌우로 경지정리도 안 된 논밭이 다닥다닥 붙어있다.

동구 밖에는 정자나무 숲이 있다. 예부터 우리 마을 정자나무 숲은 어른들의 쉼터이자 소통의 공간이었다. 그곳에는 느티나무, 팽나무 등 10여 그루가 아름드리로 숲을 이루고 있고, 군데군데 적송이 자태를 뽐낸다. 그래서 예로부터 우리 마을은 '숲동' 또는 '숲에'라고 불렸다. 그 숲 가장자리엔 돌무더기 서낭당이 마을의 수호신을 자처하고 있다.

정자나무 숲은 그 자체로 아름답다. 오랜만에 정자나무 숲을 한 바퀴 돌아본다. 정자나무의 나이는 무려 300살쯤으로 알려져 있다. 그래서 동네 사람들은 정자나무를 신성시하여 곁가지 하나 베는 것도 터부시한다. 주위 환경이 달라지기는 했어도 정자나무 숲은 어릴 적 보았던 옛날 모습 그대로다. 정자(亭子)가 없는 것도 그렇다. 불현듯 어릴 적의 정자나무 숲, 아니 정자나무 하나하나에 얽힌 추억이 파노라마처럼 스쳐간다.

정자나무 그늘이 늘어진 곳에는 보(洑)가 있고, 보 위쪽에는 빨래터가 있다. 빨래터에서는 여인들의 빨래방망이 소리가 장단을 맞춘다. 어쩌다 부추 부침개나 풋고추 부침개, 개구리참외나 수박을 협찬받기라도 하면 운 좋은 날로 시간가는 줄 모르고 이야기꽃이 핀다. 이곳 빨래터는 여인들의 대화방이자 한풀이 장소이기도 했다. 그리고 여름이 되면 보 아래는 어린이들의 야외수영장이 된다.

정자나무 사이로 한 바탕 시원한 바람이 분다. 참매미, 말매미, 쓰르라미매미들은 악보 없이 합창을 잘도 한다. 그 음악을 자장가 삼아 석침(石枕)을 돋우며 코를 골고 자는 낮잠이란 어른들의 특권이다. 더운 여름날 이곳을 오가는 사람들에게 정자나무 숲은 사막의 오아시스나 다름없다. 오로지 걷는 것만이 유일한 이동수단이던 시절, 더위를 피할 수 있는 그늘이 있고 타는 목을 축일 수 있는 우물이 있기 때문이었다. 또 이곳은 누구네 딸이 언제 시집가고, 아무개 영감의 환갑이 곧 온다는 등 시시콜콜한 일상뉴스가 퍼지는 진원지이기도 했다. 때로는 건강하던 아무개가 졸지에 죽었는데 조상 묘를 잘못 건드린 탓이라는 확신에 찬 얘기를 들을 땐 무섭기도 했다. 특히 장날이면 거나하게 취한 사람들로 정자나무 숲은 더욱 왁자지껄했다.

어린이들에게도 정자나무 숲은 놀이터이자 더불어 살아가는 체험 학습장이었다. 구슬내기 꼰(고누)을 두는 주위에는 또래 아이들이 몰려들곤 했다. 한 아이가 무심코 "그게 아닌데."라고 한마디 거들면, "야, 가만히 있어. 지금 내기하는 거야. 누가 훈수하라 했나?" 하는 퉁명스런 반격이 이어지고 다시 침묵이 흐른다. 어떤 아이들은 매미를 잡으러 다람쥐처럼 나무 위로 오른다. 어른들은 떨어질까 봐 걱정이 되어 야단을 치지만, 아이들은 오히려 더 높이 올라가는 내기를 한다. 그래도 무료하다 싶으면 보 밑에서 멱을 감는다. 저녁이면 반딧불을 친구삼아 숨바꼭질 놀이로 저녁 먹는 것도 잊고 있다가 부모님으로부터 꾸지람을 듣기 일쑤였

다. 그래도 아이들은 밤하늘의 수많은 별을 바라보며 저마다 꿈을 키워갔다.

　정자나무 숲은 비단 사람들만의 공간이 아니었다. 동물들의 휴게소이기도 했다. 산천이 모두 자기 놀이터인양 쏘다니던 삽살개도 더위에 지치면 긴 혀를 내민 채 한 쪽 모퉁이에서 숨을 몰아쉬는 곳도 정자나무 아래였다. 소들도 정자나무 숲에서 하루 일과를 마무리했다. 농기계가 없던 시절이라 농사짓는 데 필수적인 소는 가보(家寶) 1호로 취급받았다. 아침이 지나고 수은주가 차츰 오르는 점심때가 가까이 되면 시원한 바람을 쐬어 주려 집집마다 소를 정자나무 밑으로 몰고 나왔다. 그러면 소들은 끊임없이 되새김질을 하면서 큰 눈을 껌뻑거린다. 따가운 햇살이 어느 정도 사그라질 때쯤 아이들은 소를 앞산이나 뒷산으로 몰고 가서 방목한다. 그리고 해가 지면 다시 마을로 몰고 와 하루 일과를 마무리하는 곳도 정자나무 숲이었다.

　내 고향마을을 떠올릴 때마다 생각나는 것은 첫 번째가 정자나무 숲이다. 고향마을의 정자나무 숲은 더운 여름뿐만 아니라 사시사철 쉬지 않고 푸짐한 선물을 가져다준다. 마을 사람과 나그네를 차별하지 않고, 어른과 어린이를 구분하지 않으며, 사람과 동물마저 똑같이 대해준다. 한 번도 자신을 내세우지 아니하며 언제나 말이 없는 정자나무 숲은 오늘도 맑은 공기와 시원한 그늘을 베풀며 모든 이를 품어주고 있다. 한 폭의 그림으로 다가오는 정자나무 숲을 생각하면 입가에 슬며시 미소가 번진다. (월간 한국수필 신인상 작품. 2015. 3) ♣

유리병에 담긴 흙 한 줌

초등학교 시절인지 중학생 시절인지 정확히는 기억나지 않지만 국어 교과서에 실렸던 글 한 편이 생각난다.

폴란드가 낳은 위대한 작곡가인 쇼팽은 주로 피아노를 위한 소품곡을 많이 작곡했다. 쇼팽의 아버지는 당시 프랑스혁명을 피해 17세 때 혈혈단신 바르샤바로 넘어와 폴란드 여인과 결혼하여 쇼팽을 낳았다. 그리고 쇼팽이 20세 되던 해 그의 가족은 바르샤바를 떠나 다시 파리로 간다. 39세에 사망했으니 쇼팽은 폴란드와 프랑스에서 각각 20년씩 산 셈이다. 쇼팽은 이처럼 프랑스와 폴란드의 피를 반반씩 가지고 태어났고, 양쪽 나라에서 생애 절반씩

살았다. 하지만 쇼팽은 죽는 순간까지 자신을 폴란드인이라고 생각했다고 한다.

쇼팽은 프랑스와 이탈리아를 여행하던 중 프로이센, 러시아, 오스트리아 3국에 의해 분할 지배를 받고 있던 조국 폴란드에서 독립 혁명이 일어났다는 소식을 접하게 된다. 그는 혁명이 성공하기를 간절히 기도한다. 그러나 혁명은 실패하고, 쇼팽은 이후 다시는 폴란드 땅을 밟지 못한다. 이후 쇼팽은 늘 고국을 그리워하며 살게 되는데, 이를 안쓰럽게 여긴 친구들이 고심 끝에 폴란드의 흙 한 줌을 쇼팽에게 선물로 주게 된다. 쇼팽은 그 흙냄새를 맡으며 저 유명한 폴로네즈, 마주르카 등 향토색 짙은 곡들을 작곡한다. 그리고 쇼팽이 평생을 보물처럼 간직한 그 흙은 마지막으로 그의 무덤 위에 뿌려진다.

얼마 전 '바람과 함께 사라지다' 라는 영화를 다시 보았다. 남북전쟁으로 인한 미국의 혼란스러운 과도기를 잘 보여주는 영화다. 아버지의 유산인 '타라' 농장을 어린 시절 집에서 부리던 노예가 헐값에 사겠다고 협박하자 주인공 스칼렛 오하라가 흙을 한 움큼 쥐고 절규하는 장면은 다시 보아도 뭉클하다. 그녀에게 '타라' 는 단순한 유산이 아니었다. 어린 시절 장밋빛 꿈을 꾸던 고향 그 자체이며, 전쟁의 폐허에서 유일하게 남은 새 출발의 근원이었다.

펄벅의 소설 '대지(大地)' 에서도 우리는 생명의 근원으로서의 땅을 읽을 수 있다. 박경리의 대하소설 '토지' 도 그렇다. 주인공 서희가 그처럼 억척스럽게 되찾으려고 했던 '평사리' 는 고향 사람들의 삶의 터전이며 그들의 자존심이자 존재의 이유였다.

아프리카 케냐의 마사이족에게 땅은 곧 신성(神聖)이다. 마사이족의 터전은 아프리카 제일봉인 킬리만자로를 끼고 드넓게 펼쳐진 대초원인데, 마사이족은 신(神) 엔가이(Engai)가 그들에게 이 땅을 주었다고 믿는다. 그들에게 땅은 곧 신이다. 그래서 땅에 흠집을 내는 일은 하지 않으며, 농사도 짓지 않는다. 땅을 파는 일은 엔가이를 욕되게 하는 것이라는 믿음 때문이다. 심지어 정부가 우물을 파 주어도 마사이족은 그 우물을 이용하지 않고 멀리까지 가서 냇물을 길어온다. 또한 사람이 죽어도 땅에 묻지 않고 동물들이 뜯어 먹게 한다. 마사이족이 사는 케냐의 마사이 땅은 적도가 지나지만, 해발 1천800여m의 고원으로 사시사철 가을 날씨가 이어진다. 남한 땅과 비슷한 크기의 마사이, 그 끝없이 펼쳐진 푸른 초원 위로 새빨간 천을 두른 마사이족이 나무지팡이를 들고 성큼성큼 걸어 다닌다. 이렇듯 마사이족에게 땅은 우리가 상상하는 그 이상이다.

어느 날 나는 집안 정리를 하다가 책꽂이 한 쪽 귀퉁이에서 흙이 가득 채워진 작은 병 하나를 발견했다. 흙이 담긴 이 병의 사연은 20여 년 전 가족묘원을 조성할 당시로 거슬러 올라간다. 당시 묘원의 흙은 부드러운 마사토(磨沙土)가 대부분이었다. 흙이 곱기도 했지만 고향 선산의 흙이라 객지에 사는 나로선 향수도 달래고 고향을 잊지 말자는 의미에서 유리병에 담아 보관하여 왔던 것이다. 오랜만에 봐도 그때의 감흥이 오롯이 살아난다. 땅은 모든 생물체의 근원이며, 만물을 생산하는 원천이요, 언젠가는 인간이 돌아갈 영원한 안식처이다. 내게도 그렇다.

일전에 내 고향의 땅은 거래가 거의 없다는 얘기를 들었다. 현재는 직장 때문에 도시에 살지만, 고향에 부모님이 안 계셔도 언젠가는 귀농하겠다는 고향 출신들이 많기 때문이란다. 좋은 현상인 것 같다. 그런데 이왕지사 귀농을 하려면 좀 더 빨리 할 수 없을까? 고향의 인구가 계속 줄고, 그나마 계시는 분들도 대부분 연로하다. 특히 40년 전만 하더라도 운동장에서 1천 명이나 뛰놀던 학생 수가 이제는 폐교를 걱정해야 할 정도로 줄었다고 하니 걱정이 아닐 수 없다. 토지회사라도 만들어 고향 땅을 개발하고, 인구도 유입하면 어떨까 하는 엉뚱한 발상까지 해 본다. 오늘도 나는 고향의 대지, 그 따뜻한 품속으로 가게 될 날을 그려 본다. ♣

3월의 수구초심

직장이 대학이라 그런 걸까. 해마다 3월이면 졸업식과 입학식 모습에 마음이 들뜬다. 가끔은 나도 모르게 어릴 적 초등학교 교가를 흥얼거리기도 한다. 따뜻한 봄날 전교생이 운동장에 모여 부르던 그 노래를 흥얼거리노라면 어느덧 나는 유년의 시절로 돌아간다.

찬란한 아침햇살 퍼져 오르면/ 자굴산 높은 봉에 서기 어린다/ 은혜로운 내 고장 아늑한 터전/ 그 품속 넓고 크다 사랑의 쌍백교 / 우리는 꽃봉오리 스승의 보람/ 배움길 갈고 닦아 내일에 피자.

봄날 바람결에 일렁이는 짙푸른 보리를 보면 이유 없이 가슴이 설레고, 여름이면 모기를 쫓기 위해 피워놓은 모닥불 주변으로 동네 아이들이 하나 둘 모여들어 술래잡기를 하고, 가을이면 황금빛 들판에서 메뚜기를 잡고, 겨울이면 하얗게 눈 덮인 뒷산을 진종일 뛰어다니며 토끼몰이를 했다.

어디 그뿐인가. 축구공이 귀했기에 새끼줄을 돌돌 말아 공을 만들어 동네 친구들과 늦도록 공을 차던 일, 나무를 깎아 만든 팽이를 지치도록 치던 일, 밤의 적막을 뚫고 퍼지던 다듬이질 소리, 한가한 삼복더위를 알려주던 매미 소리, 친척들이 여럿이 모여 제사를 지내던 모습 들이 새삼 주마등처럼 스쳐 간다.

전기도 들어오지 않던, 현대문명과는 한참 동떨어진 시대였지만, 내게 유년시절은 그 어느 때보다 즐겁고 행복했던 기억으로 남아 있다. 그러고 보면, 행복은 확실히 많은 재물이나 안락함에 있는 것은 아닌 듯하다.

수구초심(首丘初心)이란 고사성어가 있다. 여우도 죽을 때는 고향 쪽으로 머리를 둔다는 뜻이다. 여우가 그럴진대, 사람은 말해 무엇 할까. 나이가 들수록 고향을 그리워하는 마음은 인지상정이다. 고향은 아무런 조건 없이 나를 반겨주며, 무엇인가 베풀지 않아도 언제든 기댈 수 있는 곳이기 때문일 것이다.

고향은 언제 가도 어머니의 품처럼 포근하고 향기롭다. 오늘도 나는 잠시 눈을 감고 고향 길을 걸으며 길가에 있는 풀꽃들의 향기를 맡는다. ♣

고향의 파라다이스

유럽을 여행하다보면 느끼는 바가 많다. 고색창연한 역사 유적에 감탄하기도 하고, 아름다운 경치에 끌려 걸음을 멈추기도 한다. 무엇보다 자연과 조화를 이룬 농촌 마을이 더없이 풍요로워 보인다. 실제로 그곳 농촌의 소득은 도시인의 소득에 뒤떨어지지 않는다니 부럽기도 하고, 그곳에서 한 번쯤 살아보고 싶은 마음도 든다.

유럽의 농촌 마을까지는 아니라도 내 고향도 이에 못지않게 아름답다. 나이가 드는 탓인지, 요즘 나는 내 고향 쌍백을 생각하는 일이 부쩍 잦아졌다. 그래서인지 꿈에도 가끔 나타난다.

꿈속에서 보는 고향의 거리는 늘 질서정연하고 깨끗하다. 이팝나무와 벚나무, 은행나무 들이 거리를 따라 잘 가꾸어져 있다. 집들은 대부분 2층이고, 더러는 아담한 단층집도 보인다. 청색 기와 지붕이 햇볕에 쪽빛으로 반짝인다. 담벼락은 모두 밝고 화사한 빛깔이고, 집집마다 테라스에는 갖가지 꽃들이 심어진 화분들이 놓여 있다. 상점 간판도 밝고 깔끔하다.

마을은 마치 한 폭의 그림처럼 평화로워 보인다. 지나가는 여행객이 차를 세우고 연신 사진기 셔터를 눌러대며 추억을 만든다. 어떤 여행객은 식당에 들러 행복한 미소로 식사를 하고, 특산물이나 기념품을 사기도 한다. 간혹 "이 마을은 언제 어떻게 생겼나요? 이 마을의 전통은 무엇인가요?"라고 묻는 여행객도 있다. 종업원들은 기다렸다는 듯이 밝은 미소로 성실히 답해준다. 종업원의 얼굴에는 문화 마을에 사는 뿌듯함이 어려 있다.

마을을 조금 벗어나면 맑은 물이 흐르는 시내에 고기들이 한가롭게 노닌다. 논밭은 바둑판처럼 경지정리가 잘되어 있고, 군데군데 비닐하우스도 풍경처럼 다정하다. 마을 뒷산은 소나무 참나무 오리나무 등이 울창한 숲을 이루어 마을 사람들에게 사시사철 아름다운 경치와 신선한 공기를 준다. 들판에서는 소들이 한가롭게 풀을 뜯고 있고, 강아지는 마냥 즐거운 듯 이리저리 뛴다. 그리고 저 멀리 언덕 위에는 친환경 농산물 가공 공장이 활기차게 돌아가고 있다. 공장에서 나온 특산물 제품은 인기가 많아 만들기가 무섭게 팔려나간다.

마을길을 한 굽이 돌면 초등학교가 보인다. 푸른 잔디가 시원스레 깔려 있는 운동장에서 학생들이 신나게 공을 차고 있다. 고무줄놀이를 하는 여학생들도 보인다. 한 학급의 정원은 20명 안팎이고, 학생들은 선생님의 말씀을 한 마디라도 놓치지 않으려는 듯 귀를 쫑긋 세우고 있다. 옆 교실에선 음악 시간인 듯 학생들이 제각각 다른 악기들을 신나게 연주하고 있다. 또 다른 교실은 개교 이래의 중요 기념품들이 잘 진열된 역사관이다. 한 동문이 찬찬히 그곳을 둘러보고 있다. 이곳에는 동문들이 기부한 그림, 서예, 도자기 작품 등이 전시되어 후배들에게 잔잔한 자극을 주고 있다.

눈을 뜨니 꿈이다. 이 꿈은 단지 파라다이스에 불과할까? 고향을 떠난 지 벌써 43년이 넘었다. 그럼에도 고향을 잊지 못하는 것은, 아니 갈수록 더 간절히 그리워지는 것은 마치 이스라엘 디아스포라(Diaspora) 유대인들이 비록 고향을 떠나 살지만 고향을 그리워하며 생활풍습마저 바꾸지 않고 살아가는 것과 같을지도 모르겠다. 노자도 물고기는 물을 떠나 살 수 없다고 하지 않았던가.

저녁 퇴근길에 친구를 불러내 술 한 잔 걸쳤다. 귀가하면서 흥이 난 나는 박재홍의 '유정천리'를 흥얼거렸다.
"가련다 떠나련다 어린 아들 손을 잡고, 감자 심고 수수 심는, 두메산골 내 고향에~" ♣

잊지 못할 고향의 찐빵 맛

고향을 떠올리게 하는 것은 여러 가지가 있다. 내게는 그 중의 하나가 어릴 때 먹던 음식이다. 어머니의 김치 맛과 된장 맛은 내가 언제 어디에 있든 잊을 수 없는 것들이다. 해외에 사는 교포들이 고국의 음식 맛을 잊지 못하는 것처럼.

하지만 고향 음식에 대한 생각이 모두 나와 같지는 않은 것 같다. 흑산도 출신인 대학 선배는 나와 사뭇 다르다. 선배는 중학교까지 흑산도에서 살다가 상경했다. 흑산도는 목포에서 약 100킬로 정도 떨어진 우리나라에서 가장 서남단에 위치한 섬으로, 대표 특산물은 홍어로 알려져 있다.

지금은 많이 달라졌겠지만, 흑산도의 주식(主食)은 선배의 어린 시절까지만 해도 해산물, 보리밥, 고구마 등이었다고 한다. 그래서 선배는 어린 시절 고구마와 보리밥을 물리도록 먹었다고 한다. 얼마나 물렸으면 서울에 산 지 50년이 넘었건만 그 음식들은 쳐다보기도 싫단다.

선배와 달리 나는 정반대이다. 중학교까지 시골의 농촌에서 자란 나는 쌀보다는 보리가 훨씬 더 많이 섞인 잡곡밥을 주로 먹었다. 그리고 겨울엔 간식이나 때론 주식으로 고구마를 자주 먹었다. 하지만 나는 선배와 달리 이런 음식들이 아직도 너무 좋다. 간혹 어린 시절을 생각하다 일부러 유명한 보리비빔밥집을 찾아가기도 한다. 된장에 여러 푸성귀를 넣어 비벼먹는 보리비빔밥은 언제나 고향의 푸근함을 떠올리게 한다. 식후의 편안한 느낌도 좋다. 한 끼에 십만 원이 넘는 호텔 스테이크와는 비교가 되지 않는다. 보리밥은 값 싸고 맛있고, 건강에도 좋으니 일석삼조인 셈이다.

보리비빔밥과 더불어 내게 고향의 향수를 느끼게 하는 빼놓을 수 없는 먹을거리는 찐빵이다. 중학교 시절, 학교 정문 앞에 빵집이 있었다. 식욕이 왕성하던 당시, 나는 찐빵 특유의 그 고소한 냄새에 침을 삼키다가 가던 발걸음을 멈추곤 했다. 그러나 나뿐만 아니라 대부분의 학생들은 찐빵을 사 먹을 여유가 없었다. 농촌에서는 돈이 필요하면 그때그때 쌀과 같은 곡식을 팔아 현금화하여 사용했기 때문에 평상시 돈이 있는 집이 많지 않았기 때문이다. 쉽게 먹을 수 없어서 더 먹고 싶었던 걸까. 그리고 그게 한이 된 걸까. 나는 지금도 재래시장이나 도로 갓길에서 파는 찐빵이나 술떡을 보게 되면 그냥 지나치지 못한다. 그러나 막상 먹어보면 옛날의 그 맛은 아니다. 요새는 맛있는 음식들이 너무 많아서일 수도 있다. 어쨌든 나는 중학교 때 못 먹어본 미련 때문인지 찐빵 가게 앞을 쉽게 지나치지 못한다.

신토불이 음식은 건강뿐만 아니라 정신적으로도 좋다. 또 고향의 농산물을 구입하면 낙후한 시골 경제에도 도움이 될 것이다. 일전에 내 고향 인근의 타군 향우회 관계자가 태풍으로 떨어진 사과 낙과(落果)를 걱정하던 차에 향우회가 전국 각지의 향우들로부터 주문을 받아서 낙과 전체를 좋은 가격에 판매했다는 소식을 들었다. 다른 향우회에서도 벤치마킹할 만한 좋은 사례가 아닌가 싶다. 여기서 한 발짝 더 나아가, 다양한 네트워크를 활용해 고향의 특산물들을 소개하는 책자를 제작해 향우들에게 배부하면 어떨까? 고향 음식을 통해 향수를 느끼고자 하는 나와 같은 사람들에게는 희소식이 될 것이다. ♣

백견이 불여일행

고향이란 말은 언제 들어도 어머니의 품처럼 푸근하다. 더구나 고향에 지금도 반겨줄 부모나 친척이 살아 계신다면 마음은 더없이 평온해진다. 혹시라도 부담 없이 찾아가도 좋을 옛 친구가 있다면 군자삼락(君子三樂)의 하나는 건지는 셈이다. 여기에 혼자만의 아련한 추억까지 있다면 한껏 가슴이 설렐 것이다. 향긋하고 싱그러운 녹음이 어우러진 5월의 고향 산천은 상상만으로도 행복하다.

대대로 서울 4대문 안에서만 살아온 모 저명인사가 일전에 어떤 모임에서 고향이 없어 아쉽다는 이야기를 들었다. 서울 도심을

고향이라고 부르기에는 어딘지 어색하다는 이야기였다. 그러고
보면 고향이란 아무래도 시골 농어촌이 제격인지도 모르겠다.

젊었을 땐 명절이면 으레 자의 반 타의 반으로 고향을 찾았다.
그러나 부모님이 돌아가신 후로는 고향을 찾는 발걸음이 차츰 뜸
해지더니, 사는 것이 바쁘다는 핑계로 어느 순간부터는 아예 고향
을 잊고 살았다. 그러다가 최근 초등학교 동창회 관계로 자주 고
향을 찾게 되었는데, 웬일인지 고향 산천이 예전과는 사뭇 다르게
다가온다. 나이가 드는 탓일까?

우선 고향의 도로가 고속도로 부럽지 않게 시원하게 뚫려 있는
것은 마음에 든다. 40년 전에는 비포장도로를 덜커덩거리며 4시

간이나 달려야 했던 그 길이 무려 1시간 이내로 단축된 것이다. 그런데 다시 생각해보면, 이것이 꼭 좋은 일인가 하는 의문이 든다. 도로가 좋아질수록 시골의 생활은 중소도시로 옮겨가고, 중소도시의 경제는 다시 대도시로 집중되어 도농 간 소득격차는 더 벌어질 것이다. 이에 따라 먹고 살기 힘든 시골 사람들은 자꾸 도시로 나가게 되고, 시골에는 빈집들이 늘어나게 된다. 달리는 차창에서도 시골의 빈집들을 쉽게 볼 수 있다.

내가 살던 시절의 고향 면(面) 인구는 5천 명이 넘었는데 지금은 2천 명 밖에 안 된다. 당시엔 초등학생 수만도 1천 명이 넘었는데 지금은 20여 명에 불과해 곧 폐교가 될지도 모른다며 고향 사람들의 걱정이 이만저만이 아니다.

자유무역협정(FTA)으로 우리나라 농촌의 경쟁력은 갈수록 약화되고 있다. 더욱이 내세울 만한 특산물이 없는 내 고향은 더 힘겨워 하는 것 같다. 하지만 돌이켜보면 지금까지 살아오면서 어느 한 시절 힘들지 않았던 적이 있었던가. 환경 탓을 해봐야 달라질 건 없다. 이제 제2의 새마을운동을 하듯이 다시 한 번 지혜와 열정을 모을 때이다. 민둥산에 저수지도 많지 않던 그 시절, 비만 왔다 하면 홍수요 아니면 가뭄인 악조건 속에서도 굴하지 않고 농사를 지었던 우리 부모님들의 근면과 끈기를 되새겨 볼 필요가 있다.

다시 한 번 희망을 갖고 우리도 우리의 부모님들이 부지런히 일했던 것처럼 해보자. 닭이 먼저냐 달걀이 먼저냐는 논쟁만 부질

없이 해대지 말고, 벤치마킹(Benchmarking)할 수 있는 것은 조그만 것이라도 실행에 옮겨보자. 백문(百聞)이 불여일견(不如一見)이라고 했다. 그런데 지금은 백견(百見)이 불여일행(不如一行)이라는 새로운 교훈을 되새기고 실행할 때인 것 같다. ♣

공자 사당에 심어진 측백나무

얼마 전 여름휴가로 공자의 고향인 중국 산동 반도 곡부(曲阜)에 다녀왔다. 중국 산동성(山東省)의 성도인 제남시(濟南市)까지는 비행기로 두 시간 남짓 걸린다. 그곳에서 다시 버스로 3시간가량 남쪽으로 달려야 위도가 우리나라 대구와 비슷한 곡부에 도착한다. 곡부에는 공자와 직접 관련된 공묘·공부·공림이 있다. 공묘(孔廟)는 공자를 기린 사당이고, 공부(孔府)는 공자와 그의 자손들이 살던 집이다. 공림(孔林)은 공자와 그의 자손들이 묻힌 세계 최대의 가족 묘지이다.

떠나기 전에 나는 곡부를 우리나라 경주처럼 오래된 도시 분위기가 물씬한 곳으로 상상했다. 그러나 곡부의 첫인상은 오래된 도시의 느낌과는 거리가 있었다. 나중에 알고 보니 공자와 직접 관련된 공묘·공부·공림의 삼공(三孔)만 옛 원형 그대로 남기고, 나머지는 문화대혁명 때 파괴된 건물 등을 10여 년 전에 개조하여 조성한 것이라고 한다.

곡부 도심의 거리는 삼공을 중심으로 격자 모양으로 반듯하게 정비되어 있다. 또 주택이든 상가든 건물의 높이는 대부분 공자를 모신 대성전(大成殿)보다 낮은 2층 구조이다. 비록 옛날 모습 그대로 복원해놓은 것은 아니지만 꽤 잘 정비되어 있다. 주위의 자연 경관과 어울리지 않게 시골 한복판에 우뚝 솟은 우리나라 아파트 풍경과는 대조적이다. 공산주의니 사회주의니 해도 옛 도시를 잘 개발하여 관광객을 유치하는 중국인의 상술에 혀를 내두르게 된다.

유가의 창시자인 공자(孔子)는 약 2,500년 전 중국 춘추 말기 시대 사람이다. 공자가 죽은 뒤 약 100년 후 전국(戰國)시대에는 곡부에서 자동차로 30분 거리인 추성에서 맹모삼천지교(孟母三遷之敎)로 유명한 맹자가 태어났다. 그는 공자의 유가사상을 더욱 체계화시켰다. 공자와 맹자는 당시 춘추전국시대를 인륜과 정치가 무너져가는 혼란기로 보았는데, 그때의 시대 인식은 예기(禮記)에 실린 가정맹어호(苛政猛於虎)라는 다음과 같은 일화에서 잘 드러난다.

'공자가 제자들과 태산 기슭을 지나다 한 부인이 무덤 앞에서 통곡하는 것을 보게 되었다. 이유를 물으니, 오래 전에 시아버님이 호랑이에게 죽임을 당했는데 이번에는 남편과 아들마저 호랑이에게 죽게 되었다는 것이다. 공자가 그렇다면 호랑이를 피해 안전한 읍내로 내려가면 되지 않겠느냐고 하자, 부인은 읍내에는 비록 호랑이는 없으나 세금과 노역이 있어 내려갈 수 없다고 했다.'

이 일화는 춘추 말엽 노(魯)나라 대부 계손자(系孫子)의 폭정이 얼마나 가혹했는지를 말해준다. 그런 난세에 공자 같은 위대한 성현이 탄생했다. 나는 성현의 향기를 조금이라도 맡고 싶은 심정으로 곡부에 간 것이다.

공묘와 공부를 둘러보면서 나는 한때 우리 사회에서 찬반이 팽팽했던 '공자가 죽어야 나라가 산다' 라는 이슈가 생각났다. 그때 지지했던 사람들은 유교 문화가 시대 흐름을 제대로 따라가지 못해 창의력이 발휘되지 못한다고 했고, 반대자들은 현대사회에서 야기되는 수많은 문제가 인간성의 상실에 기인하므로 유가를 재조명해야 한다고 했다. 어느 쪽의 주장이 옳았던 것일까? 이런저런 생각을 하는 사이, 일행은 어느새 1994년 유네스코 세계문화유산으로 등재된 공림(孔林)으로 발걸음을 옮긴다.

공림의 입구에는 제자 안회의 묘가 있고, 맨 뒤 궁전 같은 황색 기와의 향전(享殿) 뒤에 공자의 무덤이 있다. 공자의 무덤은 우리나라에서 볼 수 있는 일반적인 봉분 형태로, 비석엔 대성지성문선왕묘(大成至聖文宣王墓)라고 조각되어 있다. 즉, 왕은 아니었지만 왕처럼 추앙한다는 것이다. 그래서인지 공묘의 대성전도 그렇지만, 공림도 황제에 준하여 조성되어 있어 규모가 200만㎡로 생각보다 넓고 크다. 공자묘 옆에는 공자의 아들 공리의 묘가, 공자의 묘 앞에는 맹자의 스승인 손자 공급의 묘가 있다. 공자의 묘는 공자의 위상이 높아지면서 제왕들이 땅을 하사하여 규모가 점점 더 커졌다고 한다.

그곳에서 나는 전혀 예상하지 못했던 숲길을 만나게 되었다. 공림으로 들어가는 1킬로 가까운 임도로(林道路)와 공림에 심어진 온갖 형태의 측백나무 숲이었다. 냄새가 은근히 향긋하게 나는 그 숲에 심어진 측백나무의 수는 무려 10만 그루에 이른다고 했다. '보통 서원이나 사당 앞에는 은행나무가 많은데, 이곳에는 왜 하필 측백나무를 이렇게 많이 심은 걸까? 내가 알기로 유학을 가르치는 우리나라의 향교나 서원에는 그 어디를 가더라도 반드시 은행나무가 있는데…' 내 머릿속에는 내내 이런 의문이 떠올랐지만 현지 곡부에서는 해답을 찾지 못했다. 그러다가 귀국 후 우연히 조경 전문가의 설명을 듣고서야 의문이 풀렸다.

"원래 학자수(學者樹)로는 은행나무, 향나무, 느티나무, 측백나무가 있지요. 그런데 우리나라 서원 앞에 은행나무를 심은 것은 에어컨이 없던 더운 여름에 실내에서 글을 읽을 수 없어 시원한 그늘이 필요한 실용적인 이유가 큽니다. 물론 단풍이 아름답기도 하고요. 또한 은행나무는 반드시 사람이 종자를 발아하여 묘목을 옮겨 심어야 자랄 수 있습니다. 특히 공손수(公孫樹)라 하여 아버지가 심어도 손자 때 가서야 열매를 먹을 수 있기 때문에 교육기능과 매우 흡사하지요. 열매가 많듯이 제자도 많이 배출되었으면 하는 기원도 있고요. 중국 공묘의 대성전 앞에도 은행나무가 두 그루 있고, 그 밑에 행단(杏壇)을 만들어 공자가 강론을 했지요."

이어 내가 궁금하게 여겼던 측백나무의 연원에 대한 설명이 이어졌다.

"공림에 있는 측백나무는 상록수로 충절과 절개를 상징할 뿐만 아니라 피톤치드가 풍부하여 향기가 좋아요. 옛날 어른들이 글씨를 쓸 먹물에 측백나무 잎을 함께 갈아 쓰곤 했는데, 그렇게 하면 글씨가 훨씬 더 오래 갑니다. 그러나 측백나무는 그늘을 만들어 주지 못해 우리나라에선 심지 않지요."

이 외에도 우리나라 천연기념물 1호가 대구 도동의 측백나무 숲이라는 새로운 사실도 알게 되었다. 원래 측백나무는 중국에서만 자랐는데 우리나라에도 자라고 있어 식물 분포에 대한 학술적 가치가 높아 지정되었다고 한다. 현재 측백나무는 중국 및 우리나라에 분포하고 있으며, 우리나라에는 단양, 대구, 안동, 영양 등지에서 자라고 있다고 한다.

그리고 측백나무와 내 고향이 관련되어 있다는 사실도 알게 되었다. 내 고향 이름은 쌍백(雙栢)이다. 두 개의 백(栢)이란 뜻이다. 그런데 백(栢)은 백(柏)으로 쓰이기도 한다. 백(柏)은 잣나무라는 뜻도 있지만 원래는 측백나무란 뜻이다. 아마도 우리나라에서 측백나무를 보기 힘든 시절에 측백나무와 비슷한 잣나무를 한자로 지칭할 때 차용했던 것 같다. 그래서 고향에 살고 있는 지인들에게 혹시 고향의 어딘가에 잣나무나 측백나무 숲이 있는지 물

어보았지만 다들 잘 모르겠다고 한다. '이상하다. 이 글자를 쓰게
된 특별한 연유가 있을 텐데…' 하는 궁금증에 어릴 적 기억을 되
살려 보았다. 그러다 문득 초등학교 시절 학교운동장 울타리가 측
백나무였는데, 어느 해인가 일제의 잔재라며 베어버린 사실이 떠
올랐다.

　이제는 측백나무의 연원도 알게 되었으니 조만간 고향에 내려
가면 쌍백(雙栢)에 어울리게 측백나무 몇 그루를 기념으로 심어
야겠다. 그리고 거기에서 나오는 피톤치드 향내를 맡으며 공자와
맹자가 들었던 화두 하나쯤 고민해봐야겠다. ♣

총동창회, 우리들의 이야기

내가 회장을 맡고 있는 고향 초등학교 총동창회에서 초등학교 시절의 추억담을 실은 책자를 발간할 계획이다. 입학식, 소풍, 운동회, 방학, 짝꿍, 선생님, 수학여행 등 이야깃거리가 무궁무진할 것이다. 물론 평소에 글을 쓰지 않는 동문들로서는 부담스러울 수 있지만, 투박한 글이면 어떠랴. 화려하지만 알맹이 없는 글보다는 소박하지만 진솔한 이야기들이 훨씬 감동적이지 않을까? 그리고 인생의 황혼기에 접어든 분들은 초등학교 시절을 떠올리는 것만으로도 가슴이 벅차오르지 않을까? 나의 독려에 대 선배님 두 분께서 일찌감치 글을 보내 왔다.

첫 번째 이야기는 50년대에 초등학교를 다닌 선배님의 이야기이다. 학창시절에 그렇게도 그리던 수학여행이었는데 그만 심한 흉년으로 수학여행을 가지 못했단다. 그 한을 환갑이 되어서야 겨우 풀었다는데, 거기까지는 좋았단다. 문제는 일행 중 한 명이 길을 잃어버리는 바람에 난리가 났다는 것이다. 다행히 '죽마고우' 글자를 새긴 빨간 단체모자 덕분에 겨우 찾을 수 있었다고 한다. 가슴이 찡한 건, 길을 잃은 그 선배는 늘그막에 단체 수학여행을 하기 전까지는 단 한 번도 시골을 벗어난 적이 없었다는 것이다.

또 한 분도 50년대에 초등학교를 다닌 분으로, 당시 얼마나 어렵게 살았는지를 담백하게 써내려갔다. 먹을 것이 없어 배가 고프면 물로 배를 채우는 바람에 뛰기라도 하면 뱃속에서 계속 철렁철렁 물소리가 났다는 것이다. 그러면서도 초등학교에 다니는 것 자체가 다른 아이들에겐 부러움이었기에 등하교 왕복 30리를 매일같이 걸어 다니면서도 힘든 줄 몰랐단다. 그때는 6.25직후라 산들이 거의 나무가 없는 민둥산이었는데, 비가 내리면 다리도 없는 냇가가 금세 황톳물로 불어나 건널 수 없었다고 한다. 우산도 없던 시절이라 삿갓을 쓰고 다녔으며, 삿갓을 쓴 어린이가 길을 가면 아이가 가는지 삿갓이 가는지 모를 정도였단다. 한번은 냇가를 건너다 물에 빠져 죽을 뻔했으나 겨우 의식을 회복하고 집에 갔는데 아버지는 살아서 온 어린 아들에게 위로는커녕 오히려 비싼 삿갓을 잃어버렸다고 꾸중을 하는 바람에 서러워서 하염없이 운 일도 있었다고 한다.

나는 대 선배님들의 진솔한 글을 읽으며 얼마나 눈시울이 뜨거워졌는지 모른다.

세월이 흘러 고향의 모습도 이젠 많이 변했다. 옛날에 비하면 잘살게 되었지만, 인구 감소 등 또 다른 문제들이 대두되었다. 이촌향도(離村向都)의 현상에 어떻게 하든 지혜를 모아야 할 때가 아닌가 싶다. 설상가상으로 지구촌 사회에서 다른 국가들과의 FTA 체결을 하지 않을 수도 없고, 하자니 농촌의 부담은 더 커지고 있으니 쉽지 않은 상황이다. 하지만 외부 환경만 탓하고 있을 수는 없지 않은가. 자식들과 후손들을 위해서라도 더 나은 고향을 만들기 위해 머리를 맞대고 고민해야 한다. 무엇보다도 중요한 것은 우리에게 그러한 능력이 있다는 점을 깨닫는 일이다. 우리는 IMF 등 여러 어려움을 거뜬히 이겨내지 않았는가!

미국의 소설가 헤밍웨이의 작품 '노인과 바다' 에서 노인 어부는 82일 만에 겨우 잡은 참치를 상어에게 모두 뜯어 먹히고 빈손으로 돌아왔어도 희망을 포기하지 않고 먼 아프리카에 있는 "초원의 사자"를 꿈꾸지 않았던가. 'He was dreaming about Lion(나는 사자에 대한 꿈을 꾸고 있었다)' 라고! 우리도 고향의 발전을 위해 꿈을 갖고 다시 뛰어보자. ♣

가르침은 두 번 배우는 일이다

매년 이맘때가 되면 모교 총동창회에서 정기총회를 개최한다. 규모는 작지만 예 · 결산도 다루고, 기수별로 주관하는 한마음 체육대회 건도 회부된다. 그 외에도 이런저런 안건이 올라오지만, 마지막 화제는 거의 모교의 존폐 여부로 귀결된다. 그러면 전국 각지에서 모인 동문들은 머리를 맞대고 숙고한 끝에 여러 대안을 제시한다. 아이디어는 백가쟁명이고, 애향심과 애교심이 넘쳐흐른다. 그러나 문제는 실행이다.

모교는 한때 1천 명이 넘는 학생들이 공부하고 뛰놀던 학교였다. 하지만 지금은 전교생이라고 해 봐야 겨우 20여 명에 불과하다. 사회적으로 저출산과 고령화 문제가 이슈화된 지 오래지만,

딱히 해결책은 보이지 않는다. 농촌은 특히 더 심하다. 학생 수를 늘릴 방법 등을 모색하여 모교의 폐교를 막을 주체는 일차적으로 면장을 포함한 면민들의 몫이지만, 졸업한 선배들도 강 건너 불구경만 하고 있을 수는 없는 노릇이다. 총동창회장을 맡고 있는 나로서는 시간 나는 대로 동문들을 만나 지금 모교가 처한 상황을 열심히 설명한다. 동문들 대다수는 문제 인식은 가지고 있지만, 자신의 문제로 절박하게 생각하진 않는다. 당장 먹고 살기가 팍팍한 까닭이다. 그러나 국적은 바꿀 수 있어도 학적은 바꿀 수 없다고 했다.

얼마 전엔 모교 교장선생님으로부터 관내의 초등학교 한 곳이 폐교되었는데, 모교는 아직 건재하다는 전화를 받았다. 안도는 했지만, 이런 것을 화제로 삼아야 한다니, 문득 비애감이 느껴졌다.

사람은 공기가 없으면 죽는다. 그럼에도 공기는 언제나 우리와 함께 존재하기 때문에 그 중요성을 느끼지 못하면서 살아간다. 그러나 티베트나 페루 등 고산지대로 여행하다보면 공기의 중요성이 피부에 와 닿는다. 모교도 마찬가지다. 모교가 있을 땐 그 가치를 못 느끼겠지만, 만일 모교가 폐교된다면 그 상처와 허탈감은 이루 말할 수 없을 것이다. 우리는 지금 고산지대를 걷는다는 생각으로 모교와 고향에 각별한 관심을 가져야 한다.

이런 맥락에서 나의 모교는 올 해 의미 있는 결정을 하였다. 모교가 후배 학생들의 꿈과 끼를 키워주는 창의성 교육의 일환으로 졸업 선배들을 월 1회 초청하여 전교생이 참여하는 특별 수업을 하기로 한 것이다. 사실 후배들의 창의성 교육 자체는 선생님들의 권한이며 의무이다. 그럼에도 동문들에게까지 문을 넓힌 것은 매우 중요한 의미가 있다. 이는 모교와 동창회 간, 또는 선배와 후배 간의 만남을 통해 소통할 수 있기 때문이다. 더 나아가 살아있는 체험을 자발적인 교육기부를 통해 전달함으로써 후배들은 다양성과 꿈을 키울 수 있고, 교육기부에 참여하는 동문은 21세기가 요구하는 자원봉사를 실천하게 되는 셈이다. 처음에는 누가 자신의 시간과 비용을 들여가면서까지 참여하겠느냐고 걱정을 했으나 벌써 자원봉사 할 동문들이 줄을 잇고 있다. 이 얼마나 아름다운 애교심의 발로인가.

며칠 전, 총동창회장 자격으로 내가 제일 먼저 후배들 앞에 섰다. 주제는 "후배들이여, 꿈을 갖자." 였다. 처음에는 초등학생들에게 너무 과한 주제가 아닌가 걱정했는데, 1학년 꼬마가 또박또박 자신의 주장을 펼치는 것을 보고 힘이 났다. 우리나라는 세계 220여 국가 중에서 인터넷 보급률을 위시하여 철강제조, 선박 건조, 반도체 생산, 휴대폰 보급률 등이 세계 1위이며, 특히 교육열이 이스라엘과 함께 세계 공동 1위의 자랑스러운 국가라고 강조했다. 또한 우리나라 사람들 중에는 충청도 시골에서 자란 반기문 UN 사무총장, '강남 스타일' 로 세계적인 스타가 된 가수 싸이, 피겨 스케이팅의 김연아, 리듬체조의 손연재 등 세계를 제패한 자랑스러운 한국인이 많다고 힘주어 말했다. 그리고 각자 도화지에 자기의 꿈을 그리도록 했다. 시간적 여유가 없어 완성된 그림은 많지 않았지만, 아이들은 가수, 소방관, 동물 조련사 등 저마다의 꿈을 그려 넣었다. 왜 그런 꿈을 갖게 되었는지 발표하는 시간을 가졌는데, 모두 솔직하고 당당하게 발언하는 모습에서 우리나라의 미래가 보였다면 지나친 비약일까? 마지막으로 지구본을 돌려보며 우리나라가 속해있는 북위 38도 근처의 국가들은 우리나라를 제외하고는 모든 나라가 한때 세계를 제패하였다는 사실을 상기시켰다. 중국과 칭기즈 칸의 몽골이 그랬고, 2차 세계대전 때는 일본이 그랬으며, 지금은 미국이 세계를 제패하고 있노라고 말이다. 뿐만 아니라 독일, 프랑스, 영국, 네덜란드, 스페인 등도 한때는 세계를 제패했다고. 그리고 이제 남은 나라는 우리나라 대한민국이며, 남북통일이 될 21세기를 살아갈 후배들이 바로 세계를 제패하게 될 주역이라고. 그래서 여러분은 더욱 더 꿈을 갖고 살아야 한다고 강조했다.

서울로 올라오는 고속버스 차창으로 아이들의 초롱초롱한 눈망울이 어른거렸다. 아무쪼록 내 작은 가르침이 작은 불씨가 되어 아이들의 마음에 희망과 꿈의 불꽃으로 피어나길 기대해 본다. 그러면서 나는 '가르침은 두 번 배우는 일이다.' 는 말을 나도 모르게 되뇌며 가슴이 뿌듯해짐을 느꼈다. ♣

아버지의 눈물

올봄 초등학교 동창회 관계로 오랜만에 고향에 내려가 농협 회의실에서 회의를 한 적이 있었다. 회의 시간보다 조금 일찍 도착한 나는 회의실 주변에 걸린 역대 조합장의 사진을 우연히 보다가, 거기에 아버지의 사진이 걸려 있어 깜짝 놀랐다. 아버지가 조합장을 지낸 것을 잠시 잊고 있었던 이유도 있지만, 그 사진을 본 순간 새삼 아버지에 대한 그리움이 사무쳤기 때문이다.

아버지가 가신 지 어느덧 15년이란 세월이 흘렀다. 세월은 유수처럼 빨라 셋째 아들인 내 머리에도 희끗희끗 서리가 내리고, 벌써 이순(耳順)을 바라보는 나이가 되었다.

나는 아직도 당신께서 꽃상여를 타고 떠나시던 그날을 잊을 수 없다. 그해 여름도 올여름처럼 몹시 무더웠다. 강남 세브란스병원에서 췌장암 수술을 받으신 아버지는 한동안 그런대로 건강하게 지내셨다. 하지만 2년 후 다시 입원했을 때는 더 이상 호전되지 않았고, 결국 영영 이별을 하게 되었다.

장례식장은 고향집에 차려졌다. 나는 서울에서 수의, 관, 검은 남녀상복 등 장례용품을 나름 세심히 챙겨 내려갔다. 하지만 전통적인 장례절차를 주장하는 친척들과 이웃 어른들은 서울에서 준비해간 상복이 시골 정서와는 맞지 않는다며 삼베로 된 굴건제복(屈巾祭服)으로 바꾸라는 것이었다. 장례기간도 5일장이나 7일장으로 해야 한다는 것이 고향 분들의 중론이었다. 하지만 직장을 핑계로 3일장으로 겨우 타협을 보았다. 문상객을 맞을 때마다 곡

(哭)을 하지 않는다는 등의 이유로 꾸지람도 많이 들었다. 그렇게 정신없이 장례를 치르고, 마지막 날 생전에 사시던 정든 집과 집 담벼락을 따라 늘어선 국화 조문객의 작별인사와 11남매의 하직 인사를 끝으로 당신은 우리 곁을 떠나셨다.

올여름 휴가 때에는 옛 유고슬라비아가 있는 발칸반도를 여행했는데, 유난히 부모님에 대한 미안함과 아쉬움이 교차했다. 아버지는 평소 해방 전에 사셨던 일본 오사카 근처로 여행을 떠나고 싶어 하셨다. 하지만 끝내 그 소망을 이루지 못한 채 떠나셨고, 어머니도 생전에 외국여행 한 번 못한 채 눈을 감으셨다. 그 생각을 할 때마다 자식 된 도리를 못한 것 같아 가슴이 저민다.

며칠 전에는 대형 태풍 볼라벤(Bolaven)으로 우리나라 곳곳이 큰 피해를 보았다. 걱정을 많이 했는데, 다행히 부모님과 선조를 모신 가족묘에는 피해가 없었다. 아버지는 11대 종손으로, 막중한 책임감에 누구보다도 선조의 묘 관리에 걱정이 많았다. 가족묘를 조성하기 전에는 선조의 묘가 여러 곳에 흩어져 있어 벌초 등 관리에 상당한 어려움이 있었음에도 힘든 내색 없이 묘지와 족보 관리 등 종손의 책무에 소홀함이 없으셨다.

내가 처음 가족 묘원을 조성해서 윗대의 묘를 한곳에 모으자고 제안했을 때 당신은 그런 사례를 본 적이 없다며 완강히 반대하셨다. 나는 벌초 등 묘지관리에 드는 시간적, 경제적 부담을 덜 수 있고, 묘지가 공원화되어 조상에 대한 친근감도 높이고 효와 우애를 생활화하는 데도 도움이 될 것이라며 설득했지만, 아버지는 묘

이장에 대한 두려움과 터부(taboo)로 쉽게 결정하지 못했다. 우여곡절 끝에 승낙하신 후로는 불편한 몸을 이끌고 공사 현장을 매일 확인하는 등 지극정성으로 관심을 보이셨다.

그러나 안타깝게도 아버지는 묘원 조성이 채 끝나기 전에 우리 곁을 떠나셨다. 그래서 조성된 묘원에 당신을 제일 먼저 모셨고, 당신의 호를 따 묘원의 이름도 농포가족묘원(農圃家族墓園)으로 하였다. 또 당신께서 택일한 이장 날짜를 유언으로 여기고 증조할아버지와 증조할머니, 할아버지와 할머니, 어머니와 작은 형을 그날 함께 모셨다. 15년이 지난 지금 아버지는 가족들과 함께 누워 계시니 훨씬 덜 적적하시리라.

생전에 아버지는 어머니와 무던히도 싸우셨는데 지금은 그때 못다 하신 부부의 정을 마음껏 나누고 계실까? 11대 종손에게 시집와서 11남매를 낳고 평생 농사일과 집안일에 고생만 하시다가 변변한 치료도 못 받고 환갑도 되기 전에 간디스토마병으로 돌아가신 어머니를 생각하면 아직도 마음이 아프다. 그래서 한때는 아버지를 미워하고 원망했다. 그리고 그 원망은 어머니가 이승을 떠난 직후 평생 한 번도 보이지 않던 눈물을 흘리시며 "내가 네 엄마를 너희 자식들보다 더 많이 생각했다."라고 고백할 때서야 겨우 녹아내릴 수 있었다.

돌이켜 보면, 아버지는 고등학교를 졸업할 때까지 한 번도 직접 얼굴을 보면서 대화한 적이 없을 정도로 호랑이처럼 엄격한 분이셨다. 하지만 당신은 "주인은 머슴보다 더 부지런해야 한다." 면서 언제 어디서나 근면과 성실의 모범을 보이셨다. 뒤늦게나마 아버지의 살아생전 가르침의 가치를 되새기며, 그 가르침의 힘으로 혼탁한 세상에 흔들리지 않고 하루하루 최선을 다해 살려고 노력하고 있다.

　나는 한창 공부하던 대학 시절에 어머니와 이별하고, 인생에서 가장 힘든 나이라는 40대에 아버지를 여의었다. 누구나 그렇듯 부모님에 대한 애틋한 심정은 나이가 들수록 더해지나 보다. 언젠가는 떠날 줄 알면서도 영원히 우리 곁에 남아 있으리라는 착각에 미처 효를 다하지 못한 지난날을 생각하니 가슴이 미어지고, 그리움이 사무친다. ♣

홀기와 축문의 재발견

고향의 합천신문 1면에 반가운 사진 한 장이 눈에 들어왔다. 전통혼례식 사진이었다. 사진을 보고 있자니, 대학 재학 시절, 친구의 전통혼례식에 우인 대표로 축사를 했던 기억도 난다. 50년 전에는 시집가고 장가갈 때면 으레 하던 의식이었고, 30년 전만 해도 시골에선 간간이 볼 수 있었는데 어느새 아련한 옛 풍속이 되어버렸다.

전통혼례 의식은 행친영례(行親迎禮, 신랑이 신부를 친히 맞이하는 예식), 점촉(點燭, 촛불을 밝힘), 행교배례(行交拜禮, 신랑 신부가 서로 두 번씩 절하는 예식) 등의 순으로 진행한다. 사모관대를 갖춘 신랑과 연지곤지를 한 신부는 집례자의 홀기(笏記, 예식

진행 순서를 적은 기록)에 따라 의식을 행한다.

그런데 의아스러운 것이 홀기이다. 예를 들면, 집례자가 "신랑출우차집안자이종(新郎出于次執雁者以從) 또는 신랑부복흥재배(新郎俯伏興再拜)"라고 하는데, 이 뜻을 알아듣는 신랑 신부가 과연 몇이나 될까? 풀이하면 전자는 "신랑이 입장하고, 이어 기러기아비도 뒤따르겠습니다."라는 뜻이고, 후자는 "신랑은 두 번 절을 하겠습니다."라는 뜻이다.

한문으로 홀기를 부르면 집례자는 유식하게 보일지 모르지만그 뜻을 모르는 참석자들은 혼란스러울 수밖에 없다. 결국 집례자는 한문 홀기를 읽고, 다시 우리말로 설명할 수밖에 없다.

전통혼례식의 홀기 같은 문제가 제사에도 있다. 원래 제사의참 의미는 고인이 별세한 날 고인을 추모하는 의식이다. 추모 방법은 종교가 있으면 종교의식에 따르지만, 그렇지 않을 경우에는제사상을 차리고 신위(神位)에 절을 하는 것이 일반적인 관례이다. 그런데 이때 사용하는 지방(紙榜)을 보면, "현 고 학생부군 신위(顯 考學生府君 神位)" 등으로 쓴다. 물론 벼슬을 하지 않는 아버지의 경우이다. 문제는 영정이 있어도 추가로 지방을 준비해야하는 것으로 잘못 알고 있다는 점이다. 영정을 모시는 것이 예법(禮法)에 없지 않느냐고 반문한다면 이는 기제사의 참뜻은 버려두고 형식만 지키려는 율법주의자에 불과하다.

축문도 마찬가지이다. "유세차계사(維歲次癸巳)… 감소고우(敢昭告于)"라고 하면 그 뜻을 누가 알 수 있겠는가. 풀이하면 "계사년, 즉 2013년이 다가와 … 삼가 아뢴다"는 뜻이다. 뜻도 모르면서 한문 축문만을 고집하는 것은 축문의 참뜻을 잊는 우를 범하는 꼴이 된다.

최근 들어 한자를 배우자는 주장이 늘고 있다. 글로벌 사회에서 한자는 물론이고 영어, 일본어, 프랑스어, 스페인어 등도 조금씩은 알아 둘 필요가 있다. 그런데 문제는 우리나라에서 쓰는 한자와 중국에서 쓰는 한자가 다르다는 것이다. 현재 우리가 쓰고 있는 번자체(繁字體)만을 배운다면 현재 중국에서 쓰고 있는 간자체(簡字體)를 모르는 기현상이 벌어질 것이다. 예를 들면, 우리는 즐거울 락(樂)이라고 쓰는데 중국은 '乐'이라고 쓰고 있다.

서양의 경우에도 1572년 루터의 종교개혁 이전에 체코의 종교개혁자 얀 후스(Jan Hus) 총장은 성직자들의 세속화를 비판하고, 체코인에게 라틴어가 아닌 체코어로 강론할 것을 청원하다가 1415년 콘스탄츠 공의회에 소환되어 화형에 처해졌다. 가톨릭 정신을 제대로 널리 알리려는 참뜻은 온데간데없고, 오히려 로마 가톨릭의 권위에 도전했다는 이유로 화형 당했으니 얼마나 모순되는 일인가?

홀기나 축문 등 전통은 재발견되고 전승되어야 한다. 그러나 좀 더 현대적으로 바뀌지 않으면 오히려 사라진다는 사실에 유념할 필요가 있다.

영원한 촌놈

흙냄새

흙냄새를 맡고 나서
침을 삼키니
침이
달다!

-정현종-

01_ 영원한 촌놈

02_ 끝내 하지 못한 인사

03_ '진정한 여행'을 위한 준비

04_ 예비고사 날 마라톤 한 사연

05_ 영원한 스승

06_ 서서 치른 시험

07_ 초보 회계사가 혼쭐난 사연

08_ 낡은 전기면도기의 추억

09_ 현금보관증

10_ 15년 동안의 행복

11_ 감사(監事)와 감사(感謝)

영원한 촌놈

    고등학교에 입학한 지 두 달도 채 안 된 1970년 4월 어느 날의 국어 시간. 언제나처럼 순번대로 학생이 지문을 읽은 후 선생님께서 해설을 하신다. 드디어 내 차례. 호흡을 가다듬고 딴에는 차분히 읽는다고 읽었다. 그런데 조용하던 교실 여기저기서 '큭큭' 소리가 터져 나온다. 애써 웃음을 참으려는 소리임에 틀림없다. 경상도 악센트가 서울 출신인 급우들에겐 생소하고 우스운 모양이다. 꾹 참고 계시던 선생님도 끝내 웃음을 터뜨리고, 교실은 한바탕 폭소의 바다다. 졸지에 '나는 촌놈이요!' 하고 선언한 꼴이 돼 버렸다. 얼굴이 화끈거려 책상 밑으로라도 숨고 싶다.

    당시 서울 소재 고등학교는 동계(同系)진학이라 하여 같은 학교의 중학 졸업생은 무시험으로 바로 진학하였기에 나 같은 시골 출신은 입학하기가 쉽지 않았다. 나는 형님이 계시는 서울로 올라와 어렵사리 입학은 했으나 모든 것이 낯설기만 했다. 입학하고 보니 한 반에 시골 출신은 한두 명에 불과하고, 더구나 경상도 출신은 나 혼자였다. 원래 내성적이고 부끄럼이 많았던 나는 두 달이 지나도록 급우들과 잘 어울리지 못하고 있었는데, 그 일이 있은 후에는 더욱 말을 삼가고 소심해졌다.

그러다가 4월 말 어느 날, 문득 교실 창가를 바라보는데 예쁜 꽃다발이 눈에 들어 왔다. 교실환경미화의 일환으로 누군가 갖다 둔 모양이었다. 하얀 안개꽃이며 봄 향기 물씬한 여러 꽃들이 한 아름 화병에 꽂혀 있다. 그 꽃들 중 유독 내 시선을 사로잡는 건 보리이삭이었다. 나는 속으로 '보리를 꽃 장식으로 하니까 보기 좋네. 그런데 서울 도심에도 보리밭이 있나? 어디서 이걸 가져온 거지?' 하며 신기하게 바라보고 있었다. 보리가 지천인 시골에서는 정작 보리를 꽃꽂이로 장식한 것을 한 번도 본 적이 없었기 때문이다.

그때였다. 한 친구가 슬그머니 내 옆으로 오더니 화병에 꽂힌 보리를 가리키며 물었다.

"야, 이게 벼니, 보리니?"

순간 나는 어안이 벙벙했다.

'아니, 이걸 진짜 몰라서 묻나?'

나는 그 친구의 말에 대꾸하지 않았다. 아니, 대꾸하기가 싫었다. 내 딴에는 아무리 서울 친구라도 바보가 아닌 다음에야 벼와 보리쯤은 구분할 수 있을 거라고 생각했기 때문이다. 행여 알면서 물었다면 내가 촌놈이라고 얕본 것이므로 더더욱 대답하기 싫었다. 더욱이 벼는 가을에 추수하니 이 봄에 있을 리 없고, 초록 이삭은 당연히 보리 아닌가?

그런데 그 녀석은 정말로 몰라서 묻는 것 같았다. 만약 벼와 보리가 아니고, 경작 시기가 같고 모양새도 정말 비슷한 보리와 밀이 헷갈려 물었다면 비록 억센 말투이지만 아는 대로 자세히 설명했을 것이다. 나는 속으로 '보리와 벼도 구분하지 못한대서야 우리나라 국민 될 자격이 있단 말인가'라며 흥분했다. 그만큼 나로선 충격적이었다.

11남매 중 아들로는 셋째이고, 전체로는 여섯 번째인 나는 중학교를 졸업할 때까지 부모님의 농사일을 거들었다. 나의 고향은 농촌이면서, 마을 앞뒤가 산으로 에워싸인 산촌이기도 하다. 언제부터 마을이 조성됐는지는 모르지만, 아름드리 느티나무들이 동구 밖에 숲을 이루고 있는 것으로 미뤄 볼 때 꽤나 오래된 자연 부락일 것이다. 그래서 예부터 마을 이름도 '숲에'라고 불렸다. 그러나 지금은 면에 다니던 선친의 주도로 개명하여 향묵(香墨)이라는 고상한 이름으로 불린다.

중학교 시절까지 우리 마을엔 전기도 들어오지 않았다. 30여 가구의 초가집들이 옹기종기 붙어있고 그 속에 유일한 기와집이

한 채 있었는데, 바로 우리 집이었다. 마을에선 집집마다 닭, 개, 돼지, 소 등의 가축을 길렀다. 마을 앞에는 구불구불한 논두렁으로 연결된 논이 다닥다닥 붙어 있고, 그 가운데 개천이 흐른다. 산은 대부분 민둥산이었고, 저수지도 많지 않아서 홍수가 다반사였고, 어쩌다 논둑이라도 터지면 그 해의 추수는 흉년이 되고 말았다. 그러다가 얼마쯤 비가 내리지 않으면 이번에는 가뭄으로 농작물이 타들어갔다. 비가 와도 걱정이요, 오지 않으면 시름이 더 깊어지는 곳이었다. 풍년이 들면 농악대가 동네를 돌며 즐거워했고, 흉년이 들면 숙명으로 받아들이며 자연에 순응하며 살았다. 이웃과는 언제나 사이가 좋은 촌이었다. 그 속에 살았으니 나는 여지없는 촌놈이다.

20여 년 전 아버님 장례식 때의 일이다. 서울에서 선배 두 분이 밤새 차를 운전하고 고향 집으로 문상을 왔다. 천리 먼 길을 물어물어 오느라고 고생한 탓인지 지금도 간혹 나를 보면 내 고향은 촌중의 촌이었다고 회상한다. 맞는 말이다. 고2 때 강원도 설악산으로 수학여행을 갈 때였다. 홍천, 인제를 거쳐 진부령을 넘어가는데, 산촌으로 배운 강원도가 내 고향보다 훨씬 넓은 들이어서 혼란스러웠던 기억이 난다.

촌놈이란 어떤 사람일까? 단순히 시골 출신이라고 촌놈은 아닌 것 같다. 시골 출신이 촌놈이라면 우리나라의 역대 대통령의 대부분이 촌놈이다. 세계의 유명 지도자 중에도 '촌' 출신들이 적지 않다. 미국의 링컨 대통령은 켄터키 주의 농부 출신이었고, 오바마 대통령은 어린 시절을 인도에서 보내며 성장했다. 또한 우리나라의 반기문 유엔사무총장도 충북 음성 출신의 시골 촌놈이다. 요새는 '촌놈'이라는 말을 잘 쓰지 않지만 쓴다 해도 꼭 나쁜 뜻만은 아닌 것 같다. 내가 생각하기에 촌놈이란 일단은 시골 출신이되, 유행에 민감하지 않고, 먹는 게 까다롭지 않으며, 마음은 영악스럽지 않은 자인 것 같다.

그렇다면 나는 어떤가? 아무리 잘 봐 줘도 난 유행과는 거리가 멀다. 옛날에도 그랬고 지금도 그러하며 앞으로도 그럴 것 같다. 설혹 경제적 여유가 있다 하더라도 유행을 따를 용기가 부족하다. 세련되게 옷을 입을 줄도 모른다. 새 옷은 어딘지 모르게 어색하고, 입던 옷이 편하다. 양말은 얼마 신다보면 구멍이 나기 일쑤인데 그냥 버리지를 못한다. 집사람은 그 까짓것 얼마 한다고 궁색을 떠느냐고 핀잔을 하지만 어릴 때 호롱불 밑에서 바느질을 하던 어머니를 생각하면 밝은 전등불 아래 꿰매는 게 뭐 대수이겠는가?

나는 먹는 것도 촌스러워 아무거나 가리지 않고 잘 먹는다. 깔끔하고 계산이 녹록지 않은 호텔의 메뉴도 딱히 싫은 건 아니지만, 기사 식당 같은 향토색 짙은 음식이 더 좋다. 된장찌개, 김치찌개, 감자탕, 해장국, 설렁탕 등의 우리 음식이 더 편하다. 특히 보리비빔밥은 언제 먹어도 좋다. 내 성격 나도 잘 모르지만 무뚝뚝한 것은 기본이고 우직하며 약간은 어수룩한 면도 있다. 착하지는 못해도 악하지는 않은 것 같고, 여린지는 몰라도 강한 것만은 아닌 것 같다. 그 흔한 유행가 가사 하나 제대로 외우지 못하고, 취미도 별로 없다. 흔히들 목숨 거는 골프도 별로다. 스코어보다는 타당 단가를 낮추는 것이 더 좋은 것이라고 우기는 사람이다. 이쯤 되고 보니 나는 '촌놈'의 기준에 참으로 잘 맞는 것 같다.

학문적으론 박사학위를 취득했고, 직업적으론 공인회계사요, 직장에선 책임자로 일을 했다. 지금은 모교에서 객원교수로 강의를 하고 있다. 비록 딸은 없지만 든든한 두 아들이 옆을 지켜주고 있으니 그런대로 웬만큼은 산 것 같다. 서정주 시인은 '나를 키운 건 팔 할이 바람이다.'라고 했던가. 그렇다면 나를 기른 팔 할은 정겨운 고향 농촌이 아닌가 싶다. 유년시절 마음껏 뛰놀 수 있었던 고향의 산과 들, 그리고 반듯한 인성을 심어준 작지만 아기자기한 초등학교와 중학교가 있었기에 내가 이렇듯 잘 살아올 수 있었으리라!

서울에서 산 지 벌써 40년이 넘었다. 그런데도 아직 이방인처럼 도시 생활에 익숙지 않은 나는 영락없는 촌놈이다. 몸은 도시에 있지만, 마음은 늘 고향을 향하고 있다.

도시에서 태어나고 자란 학생은 물론이고 도시에 살고 있는 대다수의 사람들이 보리와 벼를 구분하지 못하고 살아간다. 어쩌면 내 두 아들도 벼와 보리를 구분하지 못하거나, 구분할 필요를 못 느끼고 있는지도 모른다. 우리 자식들만이라도 벼와 보리를 구분할 수 있도록 봄에는 보리밭을, 가을에는 황금 들녘을 함께 걸어야겠다. 아이폰과 갤럭시는 구분하지 못하더라도, 우리의 주요 식량인 벼와 보리는 구분할 수 있어야 하지 않을까? 이래서 나는 역시 영원한 촌놈인가? ♣

끝내 하지 못한 인사

벌써 50여 년 전의 일이다. 햇살이 따사롭던 어느 해 봄날, 나와 매일 어울려 놀던 또래 친구들이 느닷없이 초등학교에 간다는 게 아닌가. 나는 그때 초등학교에 들어갈 나이가 아니었다. 그런데도 오로지 그 애들과 놀고 싶은 마음에 어머니께 나도 학교에 보내달라고 울고불고 떼를 썼다. 하지만 만 6세가 안 되었다는 이유로 끝내 입학 허가를 받지 못했고, 입학식장에만 겨우 들어갈 수 있었다. 그리고 이듬해, 드디어 나도 가슴에 손수건을 훈장처럼 달고 당당히 초등학교에 입학했다.

그렇게도 가고 싶었던 학교였지만 막상 학교에 들어가서는 공부와는 아예 담을 쌓고 살았다. 오로지 노는 데만 열중했던 것이

다. 하긴 학교에 가고 싶었던 이유도 나와 어울리던 또래 친구들
이 모두 학교에 들어갔기 때문이었다. 당시 내게 학교란 커다란
놀이터 이상도 이하도 아니었다. 학교라는 놀이터에서 실컷 놀다
가 따분해지면 나는 냇가로 가서 멱을 감거나 고기를 잡았다. 집
에서 2킬로 남짓 떨어진 학교까지의 비포장 길을 따라 시냇물이
흐르고 있어 등하교 때 언제든 물놀이를 할 수 있었다. 어느 날은
학교에도 안 가고 온종일 물놀이만 하다가 집으로 오기도 했다.
그러던 어느 장날이었다. 그날도 학교에 가다 말고 냇가에서 신나
게 놀고 있는데, 장에 가시던 어머니께 그만 들키고 말았다. 물론
호되게 매를 맞았다. 철없던 시절의 이야기이지만, 지금 생각해도

자꾸 웃음이 난다.

60년대 초, 농촌 아이들이 할 수 있는 놀이라고 해봐야 자치기, 구슬치기, 딱지치기 등이 고작이었다. 운동화도 흔하지 않았고 축구공도 보기 힘들었던 시절이었다. 책가방을 가지고 다닌 학생은 전교에서 한두 명에 불과했고, 대부분 책보(책 보따리)를 매고 다녔다. 설날 세뱃돈으로 고무공이라도 사게 되면 친구들 앞에서 우쭐대곤 했다. 그 고무공으로 축구를 하면 하늘을 날 것만 같았다. 학교 운동장은 그때나 지금이나 변함이 없건만, 그땐 왜 그리 커 보였는지. 실수로 공이 탱자나무로 날아가 가시에 찔려 더 이상 고무공을 사용할 수 없게 되던 날, 망연자실 탱자나무 울타리만 원망했던 기억도 새롭다.

누구에게나 철없던 유년 시절의 추억들이 있을 것이다. 내게도 그간 아무에게도 말하지 못했던 몇 가지 비밀 이야기가 있다. 요새는 초등학교에 입학하기도 전에 유치원이나 집에서 한글을 모두 깨우칠 뿐만 아니라, 극성스러운 부모들은 영어도 웬만큼 가르쳐서 보내는 것 같다. 그런데 옛날이고, 더욱이 시골 학교여서 그런지 몰라도, 나는 초등학교를 졸업할 때까지 공부하라는 이야기를 들어본 적이 없다. 한글을 깨우친 것도 2학년 1학기가 지나서였다. 그러니까 1학년과 2학년 시절은 한글도 모른 채 그저 책보만 매고 시계추마냥 집과 학교를 왔다 갔다만 한 꼴이다. 지금도 고향에 가면 그때 내 모습을 회상시켜 주는 친척 어른이 계신다.

당시 나는 책을 읽으라고 하면 책 속에 있는 그림만 보고 이야기를 꾸며서 읽었단다. 그림이 없는 페이지가 나오면 그냥 넘기고, 그림이 나오면 또 꾸며서 읽는 시늉을 했다는 것이다. 그 이야기를 듣노라면 창피하기도 하지만 어린 배짱에 웃음도 난다.

초등학교 3학년 2학기 때는 이런 일이 있었다. 우리 학교에 정호생 선생님이라고 꽤나 꼬장꼬장한 분이 계셨는데, 하루는 선생님께서 방과 후 나를 포함해 몇 명을 교실에 붙잡아두었다. 그리고는 구구단을 다 외우기 전까지는 집에 갈 수 없다고 하셨다. 결국 우리는 교실에 남아 늦도록 구구단을 외웠고, 해질녘이 되어서야 겨우 집에 갈 수 있었다. 지진아처럼 교실에 남아 구구단을 외우고, 뒤늦게 집으로 가는 길이 어린 나이에도 그렇게 창피할 수가 없었다. 하지만 돌이켜보면, 어느 정도 숫자 감각이 필요한 공인회계사 시험에 일찌감치 합격한 것도 그때 그 선생님 덕분이 아닌가 싶다. 인도에서는 구구단을 19단까지 외운다고 한다. 예를 들어 1단부터 시작해서 $19 \times 1 = 19$, $19 \times 2 = 38$ (…) $19 \times 19 = 361$로 외우는 식이다. 그래서 인도가 세계에서 수학을 잘하는 국가 중의 하나인지도 모르겠다.

4학년 때는 이런 일도 있었다. 당시 담임선생님은 모교에 최초로 악대부를 만드셨다. 큰북, 작은북, 피리, 트라이앵글, 캐스터네츠, 심벌즈 그리고 하모니카 등의 악기로 구성된 40명 내외의 꽤나 큰 규모였다. 나는 하모니카를 부는 5명의 학생 중 한 명이었다. 하지만 아이러니하게도 나는 지금까지도 하모니카를 불 줄 모른다. 당연히 그때도 불지 못했다. '작은 별' 같은 단순한 곡은 그런대로 시늉을 냈지만, 나머지 곡들은 엄두도 못 냈다. 그런데도 운동회나 행사 때마다 빨간 단복을 입고 악대부에 끼어 운동장이며 면 소재지며 읍내 거리를 행진했으니 지금 생각해도 얼굴이 화끈거리는 일이 아닐 수 없다. 당시 나의 하모니카 솜씨를 선생님이 몰랐을 리 없다. 그런데도 왜 모른 체 하신 걸까? 이제는 계시지 않으니 여쭈어 볼 수도 없다.

초등학교 6학년 때로 거슬러 올라간다. 당시에는 중학교에 입학하려면 시험을 쳐야 했다. 나는 가정형편상 인근 삼가중학교로 진학할 수밖에 없었는데, 그 중학교는 시골치고는 꽤 유명해서 3개 면의 5개 초등학교 졸업생들이 경쟁을 하는 상황이었다. 당연히 어느 학교 출신이 수석입학을 하느냐가 최대 관심사항이었다. 당시 나도 수석 입학 후보생 중 하나였던 모양이다. 그래서 담임이었던 정재석 선생님으로부터 특별과외를 받았다. 학교에서 집까지는 좀 먼 거리라 시간을 절약하기 위해 잠은 학교 숙소에서 자고, 밥은 선생님 댁에서 먹었다. 돌이켜보면, 당시 선생님의 정성은 대단하셨다.

중학 입학시험이 끝나고 며칠 후, 어머니는 담임선생님에게 조금이라도 답례를 해야 한다며 쌀자루를 지게에 지고 선생님 댁으로 가자고 했다. 그런데 선생님 댁에 거의 도착할 즈음, 그만 쌀자루가 터지고 말았다. 어찌어찌 다시 쌀자루를 챙겨 가까스로 선생님 댁에 도착하기는 했는데, 숫기 없는 나는 감사 인사도 제대로 드리지 못했다. 물론 삼가중학교에 통학하면서도 선생님을 찾아 뵌 기억이 없다. 어린 마음에 용기가 나지 않았기 때문이다. 그 후 서울에서 고등학교를 다니다가 방학 때 선생님을 찾았으나, 그때는 이미 다른 학교로 전근을 가신 터라 또 인사를 드리지 못했다. 훗날 수소문해 겨우 선생님이 계신 곳을 알게 되었을 때는 이미 작고하신 후였다. 결국 열성적인 사랑으로 철부지 제자를 가르쳐 지금의 나를 있게 한 정재석 선생님께 끝내 감사하다는 인사를 드리지 못했다. 이제라도, 지면을 빌려 고개 숙여 감사 인사를 드리고 싶다.

돌이켜보면, 이 모든 일들은 시간이 흘러도 언제나 내 삶 속에서 보석처럼 빛을 잃지 않는 아름다운 추억들이다. ♣

'진정한 여행'을 위한 준비

2012년 3월. 봄이라곤 하지만 아직 날씨가 쌀쌀하다. 4시간을 달려 시골 고향에 있는 한 중학교 운동장에 차를 세운다. 내가 졸업한 모교다. 사방이 울타리로 둘러쳐진 운동장은 바람 한 점 없이 아늑하다. 양지바른 울타리에는 노란 개나리가 곧 꽃망울을 터트릴 기세다. 졸업 후 두세 번 모교를 방문한 적은 있지만, 올해는 여느 때와 느낌이 사뭇 다르다. 나로선 졸업한 지 40여 년이 되는 해이고, 모교는 개교 60주년이 되는 해로, 선배 자격으로 특강 차 방문했기 때문이다. 사실 후배들에겐 선배라기보다 반백이 된 교장 선생님의 친구로 보일 것이다.

나는 잠시나마 운동장에 서서 호흡을 가다듬으며 옛날을 회상

해 본다. 선배가 온다고 학생들을 미리 강당에 모이도록 한 때문
인지 넓은 운동장은 조용하기만 하다. 미처 강당에 못 간 두세 명
의 학생이 부리나케 운동장을 가로질러 강당으로 향한다. 나도
이 운동장에서 저 학생들처럼 달리기도 하고 축구도 하면서 중학
3년을 다녔지 생각하니 갑자기 가슴 한쪽이 뜨거워진다. 강당이
없던 시절이라 입학식도 운동장에서 했고, 자갈이 많아 씩씩거리

영원한 추억

며 그것들을 주워 나르던 곳도 운동장이었다. 3년 내내 교장선생님의 지루한 훈화를 듣던 곳도 이 운동장이었고, 한 달에 한 번 있던 조례시간에 두발검사나 위생검사에 걸리면 전교생이 보는 앞에서 공개적인 창피를 당하던 곳도 이 운동장이었다. 지금은 사라졌지만 국민교육헌장 암송대회를 치른 곳도 이곳이요, 외부 경시대회에서 받은 상을 전교생이 보는 앞에서 칭찬받던 곳도 이 운동장이었다. 40여 년의 시간이 흘렀지만, 운동장은 옛 모습 그대로이다.

물론 세월의 무게를 견디지 못해 변해버린 것도 눈에 띈다. 내가 공부하던 삐거덕거리던 목재 교사(校舍)는 화재로 소실되어 흔적도 없이 사라져 버렸고, 그 자리엔 아담한 정원이 꾸며져 있다. 이제는 그 옛날의 목재 건물 대신 튼튼한 콘크리트 교사가 정문 맞은 편에 육중하게 세워져 있다. 봄이면 화려한 자태를 뽐내던 벚꽃나무 뒤로는 실내 강당 겸 체육관이 신축되어 있다. 교육여건이 좋아졌음을 알 수 있는 증표들이다. 당시엔 벚나무 줄기가 겨우 팔뚝만 했는데 이제는 어른 몸통만큼이나 굵게 자라 모교의 역사를 말없이 지켜보고 있는 듯하다.

모교는 여느 학교와 마찬가지로 봄, 가을에는 인근에 경치 좋은 곳으로 소풍을 갔으며, 특별히 매년 12월 겨울방학을 앞두고는 전교생이 토끼몰이 사냥을 하곤 했다. 학생들이 각자 준비한 막대기를 들고 산을 에워싼 후 산꼭대기에서 부는 음악 선생님의 트럼

펫 소리를 신호로 일제히 소리를 지르면서 거리를 좁혀 들어간다. 뒷다리에 비해 앞 다리가 짧은 토끼는 반드시 산꼭대기 방향으로 도망가게 되는데, 이때 산 정상에 있는 학생들이 올라오는 토끼를 두들겨 잡는 것이다. 눈이라도 오는 날이면 한껏 운치가 더해져 한바탕 신나는 놀이판이 되곤 했다.

집에서 학교까지는 편도로 시오리나 떨어져 있었다. 이 비포장 도로를 사시사철 매일매일 걸어 다녔다. 그 길에 버스라도 지나가면 마치 폭탄이라도 터진 양 흙먼지가 부옇게 일었고, 우리는 그 흙먼지를 고스란히 뒤집어써야 했다.

저녁에는 침침한 호롱불 밑에서 숙제를 했다. 전기가 들어오지 않던 시절이었기 때문이다. 그러나 당시 우리를 그런 일들을 결코 힘들다고 생각해본 적이 없었다. 너무나 당연한 일들로 받아들였을 뿐만 아니라, 중학교를 다닌다는 것 자체가 특권이었던 시절이었기 때문이다.

1학년 때 배운 여러 과목 중에서 나는 영어가 제일 신기했다. 할아버지 영어 선생님의 열정적인 가르침도 좋았지만, 생전 처음 접해보는 새로운 과목이었기 때문이다. 영어단어는 주로 통학 길을 걸어 다니며 외웠다. 일상생활에서 무심코 사용하는 어휘 중에 '남폿불', '바께쓰' 등 외래어가 순수 일본어인 줄 알았다가 영어의 '램프(lamp)'요, '배스킷(baskit)'이라는 것을 알고는 그렇게 뿌듯할 수 없었다. 어디 그뿐인가. 소파(sofa)라는 단어를 접했을 때는 또 얼마나 신기했던지. 영어 단어장엔 소파가 '안락한 긴 의

자' 라고 그림과 함께 설명되어 있는데 실물을 본 적도 없고, 들어 본 적도 없어서 도대체 상상이 되지 않았다. 답답한 마음에 선배들이나 형들에게 물어 봐도 원하는 답을 듣지 못하다가, 결국 3년 후 서울에 올라와서야 직접 눈으로 확인할 수 있었다. 나는 그 정도로 외진 깡촌에서 자란 것이다. 그래도 맑은 공기 속에서의 통학은 자연스런 운동이요, 자연과 사람이 어우러져 살아가는 인성교육의 현장이었다.

이런저런 추억들을 떠올리며 후배들이 있는 강당으로 발걸음을 옮긴다. 1학년에서 3학년까지 전교생이라야 100여 명 밖에 안되지만 눈빛은 초롱초롱 빛난다. 내가 하는 얘기가 후배들에게 얼마나 도움이 될까마는 그래도 나는 몇 가지를 강조했다.

먼저 긍정적인 사람이 될 것을 부탁했다. 나의 생활신조이기도 하다. 이 세상에는 긍정적인 생각을 해도 할 수 있는 것보다는 할수 없는 것이 훨씬 많다. 탈무드에 보면, 사람은 두 가지 유형이 있다고 한다. 컵 안에 물이 반이 차 있을 때 물이 반 밖에 없다고 말하는 사람과 아직도 물이 반이나 남아 있다고 말하는 사람이다. 전자는 부정적인 사람이고, 후자는 긍정적인 사람이라고 할 수 있다. 비록 현실은 힘들지만 매사에 긍정적이고 적극적인 사람이 된다면 성공에 한 걸음 더 가까이 가게 되는 것이다. 미국 애플사의 창업자인 스티브 잡스가 스탠퍼드 대학 졸업식의 축사 끝말에 "Stay Hungry, Stay Foolish" 라는 말을 했다. "항상 배고프게 갈망

하고, 항상 우직하게 살아라" 라는 정도의 해석이다. 긍정적인 태도로 매일매일을 살아간다면 공부는 물론이고 생활에도 도움이 될 것이다.

　두 번째는 모두가 꿈을 갖기를 당부했다. 그 꿈이 구체적이면 더욱 더 좋다. 꿈은 놀라운 힘이 있다. 꿈꾸는 만큼 성장할 수 있기 때문이다. 그러기 위해서는 학창시절에 열심히 배워야 한다. 나이가 들어도 배울 수야 있겠지만, 중학교 시절보다 몇 배나 더 힘이 들기 때문이다. 수업시간에 질문을 하는 것도 중요한 학습 방법이다. 질문을 하기 위해서는 예습과 복습을 해야 하기 때문이다. 우리나라는 유태인과 더불어 가장 교육열이 높은 민족이다. 그러나 교육열의 방법은 다르다. 우리나라 어머니들은 자녀들에게 이렇게 묻는다.

　"오늘 학교에서 무얼 배웠니?"

　반면에 이스라엘의 어머니는 이렇게 묻는다.

　"오늘은 선생님께 무슨 질문을 했니?"

　질문과 호기심을 자극하여 스스로 생각하는 교육을 시키는 것이다.

　이 차이만은 아니겠지만, 어쨌든 아인슈타인에서 프로이트에 이르기까지 역사 속 위대한 인물 중에는 유대인이 유독 많다.

　나는 터키의 시인 '나짐 히크메트' 의 '진정한 여행' 이라는 시를 들려주는 것을 끝으로 강의를 마쳤다.

가장 훌륭한 시는 아직 씌어지지 않았고
가장 아름다운 노래는 아직 불려지지 않았다.
최고의 날들은 아직 살지 않은 날들,
가장 넓은 바다는 아직 항해되지 않았고
가장 먼 여행은 아직 끝나지 않았다.

불멸의 춤은 아직 추어지지 않았으며
가장 빛나는 별은 아직 발견되지 않는 별,
무엇을 해야 할지 더 이상 알 수 없을 때
그때 비로소 진정한 무엇인가를 할 수 있다.
어느 길로 가야 할지 더 이상 알 수 없을 때
그때가 비로소 진정한 여행의 시작이다.

♣

예비고사 날 마라톤 한 사연

"이곳 정동(貞洞)은 우리나라 근대사의 주요 현장이기도 하지만, 우리나라 개신교 역사에서도 매우 중요한 곳입니다. 그것은 아마도 미(美)공사관이 이곳에 자리 잡은 것과 밀접한 관련이 있을 것입니다."

나는 목련, 개나리, 진달래, 벚꽃 등이 동시에 만개한 어느 토요일에 정동 일대의 역사 탐방 무리 속에 끼여 있었다. 인솔자는 전문가답게 차근차근 이해하기 쉽게 해설을 하고 있다.

"앞에 보이는 붉은 벽돌로 된 3층 건물은 1916년에 건립된 옛 배재학당의 동관(東館)입니다. 배재학당이 현재의 강동구 고덕으로 이전해갈 때 기존 교사(校舍)는 모두 헐렸는데 유일하게 이 건물 하나만 보존되어 역사관으로 사용하고 있습니다. 다들 들어가 봅시다."

나무 계단이다. 발을 디딜 때마다 삐꺽삐꺽 소리가 났다. 건물 안으로 들어서니 양 옆으로 학생들이 공부하던 교실이 원형 그대로 보존되어 있다. 칠판도 그대로이고, 70년대 사용하던 책걸상도 그대로이다. 그것을 보는 순간 불현듯 한 장면이 떠오른다.

40여 년 전 11월 어느 날 아침, 나는 아무런 준비도 없이 4km 단축 마라톤에 나섰다. 서울의 창경궁에서 출발하여 창덕궁과 광화문을 거쳐 정동의 배재학당까지 인도(人道)를 따라 뛰는 코스였다. 거리는 흰 눈으로 살포시 덮여 있어 마음껏 달리기에는 위험했다. 그래도 달려야 했다. 인도가 미끄러워 몇 번이나 넘어질 뻔했으나 사력을 다하여 달렸다. 조심스레 걷는 행인들의 어깨를 맞닥뜨리는 실례도 무수히 하면서 앞만 보며 질주했다. 얼마나 달렸을까. 드디어 저 멀리 일단의 군중이 눈에 들어온다. 목표 지점에 거의 다 온 것 같다. 일제히 내지르는 함성 소리가 들린다.

"빨리 뛰어요. 빨리."

이제 내 앞에도 내 뒤에도 뛰는 사람이 없다. 목표지점에 다다르자 우레와 같은 박수가 터져 나온다. 얼마나 세게 달렸는지 온몸은 땀으로 범벅이 되어 있고, 다리는 힘이 빠져 있다. 말할 기력도 없다. 거친 호흡만 몰아쉴 뿐이다.

그런데 이게 웬 일인가. 마라톤 주자를 위한 오색 테이프는 고사하고, 묵직한 철문이 가로막고 있는 것이 아닌가! 아마도 입장 시각이 지난 모양이다. 말문이 막히고 얼굴색은 하얗게 질렸다. 그때 다급한 목소리가 불협화음으로 정문에 울려 퍼진다.

"아저씨, 문 좀 열어 주세요. 문 좀 요! 제발…"

지금껏 나의 마라톤에 함성을 지르고 박수를 치던 군중은 바로 고교 후배들이었다.

"규칙상 문을 열어 줄 수 없습니다. 이미 시간이 지났습니다."

수위 아저씨는 후배들의 간절한 호소에도 아랑곳 하지 않고 기계음처럼 반복하며, 손사래를 칠 뿐이었다.

"그렇게 많이 늦은 것도 아니잖아요?"

"일생이 걸린 문제인데 좀 봐 주세요. 제발 문 좀 열어주세요. 제발…"

당사자인 나보다 후배들이 더 조급하게 애걸한다. 정작 나는 사색이 되어 연신 흐르는 땀만 훔치고 있을 뿐이다. 애걸할 힘도 용기도 없다. 그런데 계속되는 후배들의 애걸이자 협박(?)이 통했는지,

"이러면 안 되는데…"

하면서도 수위 아저씨는 쪽문을 열어준다.

나는 감사하다는 말도 못하고 고사장을 향해 달린다.

"선배님, 힘내세요."

"선배님, 시험 잘 보세요. 파이팅! 파이팅!"

후배들의 함성을 뒤로 하고, 나는 고사장 교실 문을 박차고 들

어갔다. 내 자리를 찾아 가려는데, 이번에는 시험 감독관이 제지한다. 첫 시험인 국어 시험 문제지는 이미 배포된 상태였다. 대부분의 수험생이 눈을 감고 시작 벨이 울리기를 기다리고 있는 중이다. 시험 감독관이 갑자기 염라대왕처럼 무서워진다.

'중·고등학교 시절 내내 지각 한번 하지 않은 모범생이 결정적인 순간에 지각생이 되다니...' 정말 내 자신이 한심했다.

드디어 시험 시작을 알리는 벨이 울리고, 적막 속에 문제지 넘기는 소리만이 들렸다. 나는 내 자리에 들어가지 못한 채 조마조마한 심정으로 연신 땀을 닦으며 서 있어야 했다.

그렇게 얼마나 지났을까. 감독관은 본부의 허락이 나왔는지 시험을 치러도 된다고 했다. 갑자기 시험 감독관이 예수님처럼 인자하게 보였다. 창가에 배정된 자리에 가서 냉큼 앉았다.

'흥분하지 말고, 침착해야지. 잘 할 수 있을 거야.'

마음속으로 최면을 걸어보지만, 긴장된 탓인지 문제가 눈에 잘 들어오지 않는다. 손에 든 수성 사인펜도 잘 움직이지 않는다. 온몸이 땀에 젖어 있는데, 설상가상으로 라지에타 바로 옆자리라 더 정신을 차릴 수가 없다. 더구나 "끄억 끄억" 하며 흐르는 라지에타 물소리가 정신을 더 산만하게 한다.

검은 교복 상의를 벗었다. 그래도 덥다. 땀에 젖은 러닝만 걸친 채 내의도 벗어젖혔다. 눈 내리는 초겨울에 러닝만 입은 채 시험을 본 기록보유자가 탄생한 셈이다. 정신을 차리고 문제지의 지문을 읽고 답안지를 채워 나가는데, 문득 한기가 느껴졌다. 땀에 젖었던 러닝이 마르면서 이번엔 감기가 온 것이다. 우여곡절 끝에 그렇게 시험을 치렀다.

1973년도 대학입학을 위해 예비고사를 치던 때의 해프닝이다. 당시에는 예비고사의 부정을 방지하기 위해 다른 학교에서 시험을 보되, 그것도 두세 학교의 학생들로 혼합 반을 구성해서 보도록 했다. 그래서 가게 된 곳이 바로 배재고였다. 건물이 꽤 낡았다는 것만 알고 있었는데, 인솔자의 설명을 통해 이 학교가 우리나라 최초의 근대교육이 시작된 유서 깊은 곳이며, 이승만, 서재필, 김소월 등 쟁쟁한 인물들이 배출된 곳이라는 새로운 사실을 알게 되었다.

당시 대학입학 예비고사는 대학입학 시험의 응시자격 여부를 판정하는 것이었다. 시험에 합격만 하면 되므로 크게 신경 쓸 일은 아니었다. 예비고사가 있던 그날, 나는 평상시와 같이 성북동에서 삼선교까지 걸어 나와 20번 버스를 탔다. 아침에 눈이 오긴 했지만 그리 많은 양은 아니었다. 그런데 버스가 창경궁을 돌아 약간 오르막길인 창덕궁을 향할 즈음 움직이질 않는 것이었다. 콩나물 버스 안에서 5분을 기다리고, 10분을 기다렸다. 그래도 길이 트이지를 않자 승객들이 웅성거리기 시작했고, 기사는 바쁜 분은 여기서 내리라고 했다.

'어떻게 해야지? 차라리 걷는 것이 빠를지도 몰라…'

중학교 시절, 시골에서 왕복 12km를 걸어 다녔던 나로선 걷는

데는 자신이 있었다. 문제는 거리 추정을 과소평가한 것이었다. 기껏해야 2km정도 되리라고 생각한 것이 실제로는 4km나 되었던 것이다.

지금도 해마다 대학 수학능력시험이라 하여 40여 년 전 예비고사와 비슷한 시험을 치른다. 그때마다 경찰순찰차가 지각생을 안전하게 고사장에 인도했다는 뉴스가 빠지지 않고 나온다. 그런 뉴스를 들을 때마다 그때의 추억이 새롭다. 그때는 경찰순찰차가 없었는지, 아니면 있어도 내가 도움을 못 받았던 건지 그건 잘 모르겠다.

다만 그때 이 못난 선배를 대변해 준 이름 모르는 후배들, 수문장 같던 수위아저씨, 염라대왕에서 인자하신 예수님으로까지 비쳐진 시험 감독관 모두에게 지금도 미안하고 감사할 따름이다. 특히 고사장의 내 자리 앞뒤 그리고 오른쪽에 앉아 시험을 보던 이웃 고교 학생들이 나 때문에 점수가 기대에 못미쳐 불이익을 보지는 않았는지 미안하기도 하고 궁금하기도 하다. 혹시 그때의 나를 기억하는 사람이 있다면, 만나서 그동안 살아온 서로의 삶을 반추하며 크게 한번 웃고 싶다. ♣

영원한 스승

내가 연상인(延商人)으로 첫발을 내디딘 것이 1973년이었으니, 올해(2013년)로 벌써 40년이 되었다. 2학년 1학기를 마치고 3년간의 군복무 후 1980년 졸업했으니, 졸업한 지도 33년의 세월이 흘렀다. 그동안 동기생 60명 중 벌써 4명이 유명을 달리했고, 남아있는 동기들도 상당수가 직장에서 은퇴했다. 세월이 유수 같다는 옛말이 절절히 실감나는 요즘이다.

흔히들 국적은 바꿀 수 있어도 학적은 바꿀 수 없다고 하듯이 학창생활의 성적도 마찬가지일 것이다. 대개 성적이란 취직을 하기 위해서나, 대학원에 진학할 때 잠시 심각하게 고민했다가 시간이 지나면 잊고 사는 게 일반적이다. 40년 전 학창시절을 회상하다가 나는 문득 그때의 내 학점이 궁금해졌다. 그래서 내친 김에 학부시절의 성적표를 발급받아 보았다. 성적표에 부착된 사진 속에는 젊디젊은 흑백의 내가 있고, 그 사진만으로도 가슴이 뛰었다. 그리고 성적에 숨겨져 있던 비밀 하나가 새삼스레 떠올랐다.

40년간 A학점이란 최면

성적표 중 제일 먼저 눈에 띄는 과목은 경제학원론이었다. 지금까지 나는 두 학기 모두 A로 알고 있었다. 그런데 2학기는 선명하게 A이지만 1학기는 C가 아닌가. 그럴 리가 없는데 하면서 재차 확인을 하니 이내 허탈해진다. 지금까지 경제학원론 학점을 A라고 스스로에게 최면을 걸어왔던 것일까. 40년 전의 장면 장면이 주마등처럼 스쳐간다.

당시 경제학원론을 가르쳐주신 분은 경제학과 교수 중 가장 연장자이고 권위가 있던 최호진 교수였다. 최 교수는 2010년 97세를 일기로 작고하셨다. 사실 내가 연상(延商)에 입학한 가장 큰 동기는 고등학교 2학년 국어교과서에 실린 '우리 경제의 나아갈 길'이라고 하는 최 교수의 글에 반했기 때문이다. 당시 아버지는 내가 법대에 진학하기를 원하셨지만, 나는 그 글을 계기로 경제학으로 마음을 굳혔다.

학과는 선택했는데 어느 대학으로 지원할 것인가에 대해 갈등이 생겼다. 담임선생님이 당시 동숭동에 있던 대학을 강권하는 바람에 연상에는 마감 5분 전에야 겨우 접수할 수 있었다. 아슬아슬하게 접수해서인지 학교에 애정도 많았고, 동경했던 최호진 교수께서 1학년 1학기 경제학원론을 가르친다니 자못 기대가 컸다. 그래서인지 경제학원론 첫 수업시간은 지금까지도 잊히지 않는다. 교단에 선 순백발의 노교수가 굵은 목소리로 출석체크를 하다가 지각생이 들어오면 가차 없이 꾸짖던 그 모습이 지금도 눈에 선하다.

그러나 기대가 크면 실망도 크다고 했던가. 60년대 초에 저술한 경제학원론 교과서는 세로쓰기로 되어 있어서 읽기가 힘들었고, 내용도 업데이트가 되지 않아서 기대에 미흡했다.

그럼에도 그 책은 졸업 후까지도 애정을 갖고 이사 때마다 줄곧 챙기곤 했다.

어찌되었든 나의 학창생활 첫 해 성적표는 간혹 교정에서 민주화 구호도 외치고 때로는 입주과외(入住課外)나 아르바이트를 했던 그때 나의 자화상을 조용히 회상해 주는 증표다.

영원한 스승

두 번째로 내가 관심을 가졌던 과목은 회계학원리였다. 회계학원리는 경영학과 필수 과목인데, 어떤 이유였는지는 모르지만 당시 경제학과에서도 2학년 때 두 학기 필수과목이었다.

회계학원리 첫 시간이었다. 교단에서 체구가 왜소한 형님 같은 한 분이 서성거렸다. 복학생 정도로 보였다. 그런데 그 분이 바로 나중에 모교 총장까지 역임하신 송 자 교수다. 알고 보니 송 교수님은 당시 미국에서 교수 생활을 하시면서 시간을 쪼개어 모교에서 후학을 가르쳤던 것이다. 말씀이 매우 빠르고, 다른 교수님들에 비해 영어를 많이 구사하셨다. 놀라운 것은 한글로 된 교과서를 두 달도 되기 전에 다 끝내고, 영어 원서로 다시 수업을 했다는 것이다. 숙제도 많고 시험도 자주 봤다. 몸에 좋은 약은 입에 쓰다고 하지만, 공부할 양이 많다보니 다음 학기에는 송 교수님의 강의를 피하겠다는 학생들이 많았다.

회계학원리를 제대로 익히기 위해서는 부기(簿記)에 대한 기초가 있거나, 문제를 많이 풀어볼 절대적인 시간을 투자해야 했다. 그런데 나는 아르바이트를 하느라 늘 시간이 부족했다. 수업 진도도 겨우 따라갔고, 숙제도 끙끙대기 일쑤였다. 당연히 학점은 대략 B 정도겠지 생각했다. 그런데 성적표를 확인해 본 순간 놀라지 않을 수 없었다. 1학기, 2학기 모두 선명하게 'A' 라고 기록되어 있는 것이 아닌가. 아마도 당시 내가 회계학원리를 무척 좋아했었나 보다. 하긴 그러니 공인회계사를 직업으로 택한 것 아니었을까.

당시 송 교수님은 수업시간에 미국과 같은 선진국에서의 공인회계사의 기능과 역할의 중요성에 대해 종종 말씀하시곤 했다. 복학 후 진로에 대해 막연히 고민하던 중 누군가가 행정고시는 어렵게 합격하더라도 공무원으로 꽉 짜인 틀 속에서 지내야 하기 때문에 공인회계사가 더 좋지 않겠느냐고 권면했다. 특히 부모님의 도움을 받기 어려운 시골 촌놈으로서는 공인회계사가 되면 자유로운 상태에서 일할 수 있고 수입도 어느 정도 보장된다는 것이 매력적으로 다가왔다.

더욱이 내가 진로를 고민하던 그 해, 공인회계사 시험에 모교 학생들이 제일 많이 합격했다. 합격한 선배들의 공인회계사 오리엔테이션이 있던 날, 나는 공인회계사 시험에 도전하기로 결심했다. 그래서 공부를 효율적으로 할 수 있는 방법을 모색하다가 로비에 있던 경현재(經賢齋)에 어렵게 들어갔다. 5명이 스터디 그룹을 만들어 공부했는데, 시험을 앞둔 3학년 가을에는 부기 1급 시험에 합격하기도 했다.

드디어 공인회계사 시험 날. 회계학이나 경영학에 대해서는 어느 정도 자신 있게 답안지를 채운 반면 경제학은 자신이 없었다. 믿었던 도끼에 발등 찍힌 꼴이 되어버린 것이다. 합격 명단에 내 이름은 보이지 않았다. 창피했다. 재도전을 해야 되나 포기를 해야 되나 기로에 있을 때 한 교수님의 말씀이 용기를 주었다. 그 분이 바로 송 자 교수였다. 송 교수님은 당시 합격자 환영회에서 불합격 학생들에게 재도전 할 것을 몇 번이나 강조했다. 그 용기에 힘입어 그 후 경현재 실장을 하면서 시험에 재도전했고 당당히 합격하게 된 것이다.

　운명이 바뀌는 순간이었다. 사실 나는 당시 한국전력으로부터 옵션이 있는 장학금을 받고 있었기에, 공인회계사가 되지 않았다면 지금쯤 한국전력 어딘가에서 근무하고 있을지도 모른다. 송 총장은 지금도 매년 모교의 공인회계사 합격자 환영회에 참석해서서 합격자보다는 오히려 불합격자들에게 격려를 아끼지 않는다. 진정 영원한 큰 스승이라고 하지 않을 수 없다.

유일한 D학점

　세 번째로 내 관심을 끌었던 과목은 3학년 1학기 때 수강한 '경제학설사(經濟學說史)'이다. 내 대학 성적 중 유일한 D학점이다. 당시 나는 공인회계사 시험을 준비하느라 경제학과 과목보다는 경영학과 수업에 더 열심이었다. 경제학과 졸업에 필수적인 경제학설사 공부도 당연히 소홀해질 수밖에 없었다.

　경제학설사는 족적이 큰 경제학자의 생애와 그 이론 등을 배우는 학문으로, 일종의 경제학에 관한 역사라고 할 수 있다. 지금은 아마추어 역사모임의 회장도 하고 있지만, 학창시절에는 과거를 다루는 경제학설사에는 관심이 없었다. 핑계 같지만 당시 경제학설사 교수의 강의 방식도 왠지 나와는 맞지 않았다. 요새는 상상하기 힘든 이야기지만 친구들에게 대리출석도 자주 부탁했다. 한 친구는 대리출석을 하다가 들켜 혼이 난 적도 있다. 그 친구에게 얼마나 미안했던지. 그때 그 친구도 지금은 중견 교수로 열심히 후학을 가르치고 있다.

더구나 당시 어머니께서 지금은 별것 아닌 간디스토마로 고생하고 계셨는데, 내가 병원으로 모시고 다니고 간호할 수밖에 없는 상황이어서 공부를 할 수가 없었다. 결국 어머니는 3학년 가을에 환갑잔치도 못 받은 채 돌아가셨다. 학생 신분으로 할 수 있는 것이 없다는 무력감에 참 괴로워했던 시절이었다. 이렇듯 학업에 집중하기 어려운 상황에서 기말시험이 다가왔다. 아니나 다를까, 문제를 보니 답을 쓸 수가 없었다. 답안지에 그냥 이름만 쓰고 나가는 것이 양심에 맞고, 진리와 자유의 정신에 부합된다는 공명심이 순간적으로 몰려왔다. 또 F학점 하나쯤 갖는 것도 나쁘지 않을 것 같다는 만용(蠻勇)도 있었다. 그렇게 해서 답안지를 백지로 두고 나가려는데, 조교가 나가지 못하게 하는 것이 아닌가. 아니, 조교는 내게 사정을 하는 것이었다. 제발 한 줄이라도 써 달라고. 그 조교가 지금 모교의 경제학과에서 인품으로나 학문적으로 명성을 날리고 있는 홍성찬 동기이자 학장이다. 그때 F학점을 받는 만용을 부렸다면 내 인생이 어떻게 되었을까? ♣

서서 치른 시험

    3년간의 군복무를 마치고 1977년 가을에 2학년 2학기로 복학을 했다. 복학생은 10여 명이나 되었다. 복학생들의 주된 화제(話題)는 군복무 때의 고생담과 진로 문제였다. 당시 우리나라는 고도 성장기로서 취직 자체는 걱정이 없었으나, 어디가 더 좋은 직장인지에 대해선 의견이 분분했다.

    나는 고민 끝에 공인회계사(CPA)에 도전하기로 했다. 이유는 자유 직업인이면서 수입도 웬만큼은 될 것이라는 막연한 기대감 때문이었다. 그러나 막상 책을 보노라니 잡념만 무성하고 머릿속에 들어오는 것이 없었다. 합격자들의 오리엔테이션을 들어보니 내 공부로는 어림도 없었다. 그러나 떨어지더라도 3학년 때 시험장 분위기를 파악해보는 것도 중요하다 싶어 응시를 결심했다.

결과는 예상했던 대로 불합격이었다. 아는 학생이 합격하는 것을 보니 부럽기도 하고, 재도전하라는 교수님의 격려도 있었지만 마음은 여전히 심란했다. 왜냐하면 졸업 후 한국전력에 5년간 근무하는 조건으로 장학금을 받고 있던 중이라 굳이 공인회계사 시험 준비로 고생할 이유가 없었기 때문이다. 그런데 망설이면 망설일수록 미련과 함께 낙방했다는 사실이 자꾸만 내 자존심을 건드리는 것이 아닌가.

고심 끝에 재도전하기로 마음먹고, 초심으로 돌아가 캠퍼스 고시반에 들어갔다. 효과적인 공부를 위해 세미나 조(組)를 편성해서 주 1회씩 정리를 위한 토론회를 가졌고, 밤늦도록 죽어라고 공부했다. 감사하게도 부모님이 물려주신 체력도 뒷받침이 되었다. 그런데 문제는 다른 곳에서 생겼다. 책상에 너무 붙어 있다 보니 그만 엉덩이에 종기가 생긴 것이다. 처음엔 별거 아니라고 생각했는데, 웬걸, 갈수록 심해져 더 이상 의자에 앉아 있을 수 없는 지경까지 되어버렸다. 시험이 불과 한 달 밖에 안 남은 시점이었다.

하는 수 없이 응급처치만 받을 생각으로 병원에 갔다. 그런데 병원에선 수술을 받아야 한다는 게 아닌가. 시험 뒤로 미루고 싶었지만, 의사는 더 이상 기다릴 수 없는 긴급 상황이라며 기어코 수술을 집도했다. 나는 아무리 늦어도 2주 후에는 퇴원할 수 있을 거라고 믿었다. 그런데 3주가 지나도 병원에선 퇴원할 수 없다는 게 아닌가. 점점 초조해지고 불안한 마음에 병실 창 밖을 바라보며 남 몰래 눈물을 훔치고 있을 때였다. 같이 공부하던 후배 서너 명이 병실로 우르르 몰려 들어왔다.

"형, 어떻게 된 거야? 시험이 며칠 남지 않았는데, 퇴원 안 해? 그러게 좀 쉬어 가면서 하랬잖아! 촌놈이라 미련하기는…"

"그러게 말이야. 나도 퇴원하고 싶지. 그런데 주치의가 퇴원은 안 된다네. 뜨거운 물에 마사지 하는 것 말고는 특별한 치료는 없는데 말이야. 그나저나 시험이 며칠 남았지?"

"한 열흘 남았지. 응시원수는 접수시켰으니까 퇴원해서 시험만 보면 돼. 그간 형은 열심히 준비했고 또 실력도 빵빵하잖아!"

"고맙다. 다들 시간 없는데, 어서들 가서 공부해!"

사실 후배들이 문병 오기 전까지만 해도 시험을 포기해야 하나 아니면 어떻게 해서든 봐야 하나 갈등이 되었다. 그런데 후배들이 병실 문을 나간 후 시험을 치르고 싶다는 욕구가 강하게 솟구쳤다. 그래서 착해 보이는 간호사에게 부탁해 보기로 했다.

"간호사님! 부탁이 있는데요. 사실 입원하기 전에 어떤 시험을 치기 위해 1년간 준비한 게 있습니다. 곧 시험일이 다가 오는데, 이번을 놓치면 다시는 힘들 것 같습니다. 잠시 퇴원했다가 다시 입원할 테니 좀 도와주시면 안 될까요?"

"주치 의사의 허락이 없으면 안 돼요."

예상과 달리 간호사의 반응은 지극히 사무적이고 차가웠다. 하지만 나는 다음날 더 간절하게 부탁했다.

"간호사님, 제발 퇴원 좀 하게 해주세요. 시험보고 다시 입원할 게요."

"정 그러시면 의사 선생님에게 말씀드려 볼게요."

전날에 비해 간호사의 반응이 한결 부드러워졌다.

그리고 다음날, 아침 회진(回診)시 한 무리의 제자들을 대동한 담당 의사가 심문하듯 내게 물었다.

"학생, 무슨 시험이지? 건강이 중요하지 시험이 중요해? 재발 해도 책임 안 져. 그래도 퇴원할 건가?"

"공인회계사 시험인데요, 1년에 한 번 밖에 기회가 없어서요."

"그래? 그런데 그 몸으로 시험보기가 쉽지 않을 텐데, 고집을 부리니 할 수 없지 뭐. 어쨌든 시험 잘 치고 다시 입원하라고. 알 았지?"

"선생님! 정말 고맙습니다."

그렇게 해서 나는 일시 퇴원을 했고, 곧바로 독서실로 향했다. 수술한 부위가 접촉되지 않으면 그런대로 참을 만했지만, 앉거나 힘을 가하면 깜짝깜짝 놀랄 정도로 아팠다. 수술하지 않은 엉덩이 한쪽만 의자에 걸치고 반쪽 엉덩이는 공중에 든 채 꾸부정한 자세로 앉아 공부할 수밖에 없었다. 다행히 머리는 어느 때보다 맑았다.

드디어 시험 날 새벽. 나는 준비한 노트와 두툼한 방석을 챙겨 일찍 고사장으로 향했다. 자세는 엉거주춤 그 자체였다. 고사장에서 같이 공부하던 후배를 만났다.

"형, 그 몸으로 괜찮겠어요?"

"그래, 너무 걱정하지 마! 사실 포기할까도 생각했었는데, 너희들이 격려해준 덕분에 용기를 가졌어. 낙방하면 운명이고, 합격하면 덤이지 뭐. 아무튼 고마워. 너도 시험 잘 쳐."

드디어 시험이 시작되었다. 시험장은 눈 내리는 산사(山寺)마냥 적막하다. 눈을 감고 긴 호흡을 한다. 시간은 과목당 2시간이다. 답안지는 백지 10장이다. 오늘 세 과목 그리고 다음날 또 세 과목을 치러야 한다. 다행히 웬만큼 아는 문제가 출제되었다. 키워드 중심으로 답안을 구상해 본다. 고사장은 답안지를 채워나가는 볼펜 소리뿐, 긴 침묵의 연속이다. 나는 방석에 한쪽 엉덩이만 걸친 불안한 자세로, 아니 거의 선 채로 시험을 봤다. 그런데도 너무 긴장한 탓인지 수술 부위의 통증을 거의 느끼지 못했다. 소위 정신을 집중하면 깊은 곳에 있는 능력이 표출되는 마스터리(MASTERY)법칙이 작동한 것일까. 해가 뉘엿뉘엿 저물어갈 때쯤 첫 날 시험을 무사히 마쳤다.

시험이 끝나자 갑자기 수술 부위에 통증이 느껴지면서 식은땀이 등줄기를 타고 흘러내렸다. 이러다가 내일은 어떻게 하지? 내일까지는 괜찮아야 할 텐데. 수술 부위가 욱신욱신 아파왔다. 진통제를 먹고 다음날 시험을 위해 마무리 정리를 했다. 긴장과 고통이 계속되고 거의 뜬눈으로 밤을 보냈다. 또 다시 새벽이 밝았다. 이튿날도 역시 앉은 것도 아니고 선 것도 아닌 엉거주춤한 자세로 6시간에 걸쳐 무사히 세 과목을 치렀다.

이틀 정도 지났을까. 그냥 쉬고 싶은데 장학금을 준 한국전력으로부터 일주일 후에 출근하라는 연락이 왔다. 몸이 걱정됐다. 그런데 신기하게도 첫 출근 날이 다가올수록 수술 부위가 아물어가고 통증도 나아졌다. 그 후 한 달여가 지났지만 여전히 직장이라는 낯선 곳에서 일을 배우느라 시간가는 줄도 모르고 있던 어느 날 공인회계사 합격 소식을 들었다.

다음 날 조간신문에 실린 49명의 합격자 중 내 이름 석 자가 너무나도 크게 보였다. 그간 공부하느라고 고생한 것보다는 시험 직전에 수술하느라 입원하여 겪은 고독과 불안감이 밀려오면서 눈시울이 붉어졌다. 때는 졸업식 직전이었다. ♣

초보 회계사가 혼쭐난 사연

감사실로 들어서는 여직원은 약간 긴장된 모습이었다.

"총무과 급여 담당 민들레인데예. 혹시 저를 찾았습니꺼?"

목소리에서도, 또 외모에서도 전형적인 성실녀의 느낌이 묻어난다. 나이는 정확히 몰라도 고참 언니임에는 틀림없는 것 같다.

"예, 제가 찾았습니다. 이리 앉으시죠."

"아니, 괜찮습니더. 그냥 서 있겠습니더."

"인건비 지급과 관련하여 물어볼 것이 있어서요. 급여에서 갑근세(甲勤稅)를 원천징수했으면 담당자는 즉시 세무서에 납부해야지, 왜 아직까지 보관하고 있나요? 그렇게 하면 사고 날 위험도 있고요…"

　"회계사님, 그게 그런 것이 아니고요. 원천징수한 금액은 제가 보관하고 있는 것이 아니라 경리과에서 아직 전표처리도 안 된 것이라예. 그리고 갑근세는 아직 납부할 기한이 많이 남아 있습니더. 다음달 10일까지 납부하면 된다 아입니꺼…"

　"민들레 씨, 어차피 납부할 돈은 바로바로 납부해야 사고가 발생하지 않지요. 누가 그런 식으로 납부해도 된다고 정했답니까?"

　내 말에 민들레 씨는 어이가 없는지 한마디 툭 던진다.

　"예? 그건 세법에 정해진 것이라예."

　"세법이라고요?"

　"하믄요. 회계사님."

순간 나는 말문이 탁 막혔다. 옆에서 우리의 대화를 엿듣고 있던 감사팀장은 말은 못하고 그것도 모르냐는 눈치를 보낸다.

'내가 뭔가 잘못하고 있구나!'

순간 얼굴이 후끈 달아올랐다. 속히 이 어색한 국면을 전환해야 한다.

"민들레 씨! 내가 몰라서 물은 것이 아니라 업무를 제대로 알고 하는지 떠본 겁니다."

"회계사님도 참, 왜 놀리고 그래예? 부끄럽게…"

하지만 진짜 부끄러운 사람은 나였다.

"민들레 씨, 일 잘 하고 있네요. 이만 나가셔도 좋습니다."

나는 대학 졸업을 앞 둔 1979년, 운 좋게 공인회계사 시험에 합격해서 회계법인에 입사했다. 합격자는 몇 명 밖에 안 되었기에, 입사라기보다는 '초빙을 받았다'고 하는 편이 더 맞겠다. 시험에는 합격했지만 회계나 세무 실무에 경험이 있는 것도 아니고, 별로 아는 것도 없는데도 분위기 탓인지 입사 당시 꽤히 우쭐대곤 했다.

그러나 그 우쭐함은 얼마 안 가 와르르 무너져 내렸다. 당시 회계법인에는 전문 타이피스트 몇 명을 제외하고 모두 공인회계사로 구성되어 있었다. 인간적인 면에서도 후배요, 실무 측면에서는 더더욱 아는 것이 없는 햇병아리인 셈이었다. 그러니 사무실에 들어서면 기죽지 않으면 다행이었다. 감사 현장에 투입되기 위해서는 교육을 받아야 했는데, 강사는 한 사무실에 근무하는 선배들이었다. 교육이라는 이름하에 후배들의 기를 꺾는 데는 며칠이면 충분했다.

드디어 교육을 무사히 수료한 후 생애 처음으로 외부 감사팀에 합류했다. 피감사회사는 당시 마산 자유수출공단 안에 있는 규모가 꽤 큰 전자부품 조립회사로 미국과 일본의 합작회사였다. 당시 감사팀 막내이자 감사 초보자였던 나는 업무 파악이 대체로 쉽다는 인건비 분야를 배정받았다. 내심 감사에 필요한 절차를 깔끔하게 끝내겠노라고 작심하고 있었는데, 첫 라운드에서 KO패를 당한 것이다. 물론 갑근세라든지 원천징수라든지 하는 용어는 회계사로선 지극히 상식에 속하는 것이지만, 당시 갓 졸업한 나에게는 내부 교육에서도 들은 바 없는 생소한 개념들이었다.

내친김에 간단히 설명하자면, 근로소득세에는 갑근세라 불리는 갑종근로소득세와 을근세라 불리는 을종근로소득세 두 가지가 있다. 갑근세는 국내에서 일해서 번 소득이었을 때 내는 세금이고, 을근세는 외국으로부터 주로 외화로 받는 소득에 대해 내는 세금이다. 을근세는 원천징수 대상은 아니고 소득 신고를 한 후 납부하도록 되어 있다. 원천징수란 소득금액을 지급하는 자(者)가 지급받는 소득자의 부담 세액을 미리 국가를 대신하여 징수하는 것을 말한다. 징세의 편의를 도모하는 제도이다. 이자소득, 배당소득, 갑종근로소득, 퇴직소득 등을 지급하는 자는 원천징수한 소득세를 그 징수일이 속하는 달의 다음달 10일까지 원천징수 관할 세무서 등에 납부해야 하며, 그렇지 않으면 가산세가 붙는다.

나중에 안 일이지만 급여 담당 민들레 씨는 회사 내에서 일 잘하기로 소문난 고참 똑순이었다. 평상시 말수가 적은 팀장은 숙소에 들어와서도 특별한 언급이 없었다. 좋게 생각하면 나의 자존심을 고려해서이나, 업무가 하루 이틀에 끝날 게 아니기 때문에 몇 마디 할 법도 한데 끝내 말이 없었다. 하지만 감사업무를 마치고 사무실에 가자 기어이 사단이 나고 말았다. 회계법인에서 감사보고서가 출간되려면 파트너의 검토와 결재가 필요한데, 매사에 칼 같은 '제대로 된 임자'를 만난 것이다.

"정 회계사, 이걸 일이라고 했어요? 대체 이게 뭡니까? 상업은 행을 Sangup Bank라고 해요? 누가 그래요? 회계사 맞아요?"

"…"

사실 한국은행을 Bank Of Korea로 제일은행을 Jeil Bank라고 하기에, 나는 하나를 들으면 열 개는 아니더라도 한두 개는 제법 응용한답시고 한 것이 이처럼 엉터리 영어를 만들어낸 것이다. 물론 잘못되거나 부적절한 조서(調書)는 이것 말고도 많았다. 입이 열 개라도 할 말이 없었다. 그저 쥐구멍이라도 있으면 숨고 싶을 뿐이었다. 자존심은 산산이 부서지고 한순간 천 길 낭떠러지로 떨어지는 기분이었다. 급기야 파트너는 감사팀장을 호출했다.

"강 회계사, 아니 감사조서가 이렇게 되도록 뭘 했나요? 정 회계사가 초보자인데 관심을 갖고 봐야지…"

내성적인 팀장은 얼굴이 벌게지기는 했지만 이번에도 말이 없다. 단지 "죄송합니다."라는 말뿐. 파트너도 팀장의 성격을 아는지 그 이상 나무라지 않았다. 그러면서 내가 일한 조서의 몇 장을 내 앞에서 쫙쫙 찢는 것이었다. 나는 사색이 되어 한동안 자리에서 꼼짝할 수 없었다.

'아는 것도 없으면서 우쭐대더니 꼴좋다.'

뒤늦은 후회가 밀려왔고, 나는 이 일로 한동안 몹시 우울했다. 사무실에선 감사조서를 찢긴 유일한 사람이라는 소문도 났다. 그러나 전화위복이라 했던가. 그 사건을 계기로 나는 더 늦기 전에 이론뿐 아니라 실무에도 정통하고, 특히 '겸손해지자'라고 다짐하게 되었다.

그런 일이 있고 얼마 후, 또 다른 선배가 나를 불렀다. 대학 선배였다. '자라보고 놀란 가슴 솥뚜껑 보고 놀란다'고 또 무슨 창피를 당하나 걱정부터 앞섰다.

"정 회계사, 듣자하니 파트너 사이에서 인기 좋던데⋯ 감사 조서를 찢은 것은 연기야 연기. 기대주로서 더 분발하라는 것이지. 피감사회사에서도 그 일은 화제가 되었다네. 어때? 앞으로 나와 같이 일 해 볼 생각 없어?"

선배의 그 말은 회계사로서 나에게 엄청난 용기를 주었다. ♣

낡은 전기면도기의 추억

천안의 한 식품공장에서 공장의 책임자로 근무한 적이 있다. 그때 함께 일했던 직원으로부터 어느 날 전화가 걸려왔다. 용건인즉, 공장 대청소를 하다가 당시 내가 사용하던 책상 서랍에서 낡은 전기면도기가 나왔는데 어찌하면 좋겠느냐는 것이었다. 수화기를 내려놓자 순간 영화의 필름이 거꾸로 돌아가듯 지금으로부터 30여 년 전의 사건이 머릿속에 생생히 그려졌다.

나는 재학 중에 군복무도 마쳤고, 복학한 후에는 공인회계사 시험에 합격하였기에 졸업 후의 진로는 회계법인 외에는 선택의 여지가 없었다. 지금은 품격 있는 고층 오피스빌딩이 시내 곳곳에 많지만, 당시는 좋은 오피스빌딩이 많지 않던 시절이라 시청 앞

삼성본관빌딩으로 출근하는 것만으로도 부러움을 샀다.

그러나 사실 속내는 그렇지 않았다. 회계사라곤 하지만 사무실 내에서는 나이도 어리고, 선배회계사들이 별로 관심을 주지 않는 회계사 시보에 불과했기 때문이다. 선배회계사들이 보기엔 전문 지식이 부족하여 그야말로 '부뚜막의 애기'처럼 불안한 존재였다. 더욱이 회계사라는 직업은 배우고 공부해야 할 것이 많아 하루하루가 스트레스의 연속이었다. 일도 많고, 저녁이면 술자리도 많았다. 때로는 공부로 때로는 업무로 늦게 퇴근하는 날이 많아지면서 형님 댁에서 출퇴근하는 것이 슬슬 불편해지기 시작했다. 더욱이 깔끔한 성격의 형수에게서 벗어나고 싶은 마음도 있었다. 그러다가 드디어 나는 행정고시를 준비한다는 핑계로 서울 변두리의 한 고시하숙집으로 둥지를 옮기게 되었다.

한편, 나의 부모님은 유교를 중시하는 서부 경남의 전형적인 분들로, 대체로 자식을 결혼시켜야만 부모의 도리를 다한다는 믿는 분들이셨다. 물론 나의 결혼에 대한 아버님의 성화도 이만저만이 아니셨다. 고향 처자의 부모님께 내 사무실 전화번호를 알려줘 졸지에 선을 본 적도 두 세 번이나 되었다. 사정이 이렇다 보니, 명절 때 고향에 가는 발걸음이 무거울 수밖에 없었다.

다른 한편, 하숙은 나의 생활에 미묘한 변화를 가져왔다. 대학 재학 중에 회계사 공부를 핑계로 한 달이라는 짧은 하숙 생활을 한 것 외에는 경험이 없던 나로선 비록 고시생들이 기거하는 하숙집이었지만 모든 것이 새로웠다. 환경이 바뀐 것은 물론이고, 퇴

영원한 춘부

근 후 학생들과 함께 책을 읽노라면 '주경야독의 주인공'이라도 된 양 뿌듯했다. 그러나 시간이 갈수록 피로가 누적되고 또 한꺼번에 두 가지를 못하는 성격 탓인지 독서 집중도도 떨어졌다. 그럴 때마다 여장부였던 하숙집 주인아주머니의 격려가 마음을 다잡는 데 도움을 주었다. 주인아주머니는 다른 곳에 사시면서 사람을 두고 하숙집을 운영하는 말하자면 하숙 전문경영인인 셈이었다. 해외여행이 자유롭지 않던 그 시절 일본을 자주 왕래하셔서인지 해외 정세에도 밝으신, 여러모로 깨어있는 분이었다. 들리는 소문에 주인아주머니는 일주일에 2~3회 정도 하숙집에 들르는데, 가끔은 꽤 미인으로 알려진 따님과 함께 온다고 했다. 그러나 낮에 회계법인에 출근하는 나로선 따님을 만나 볼 기회가 없었다.

　시간은 무심히 흘러 또 추석이 다가왔다. 시골집에 가면 이번에도 틀림없이 결혼 얘기로 스트레스를 받을 게 분명했다. 친구들도 앞서거니 뒤서거니 하나 둘 결혼을 하던 때였다. 그러던 차에 어느 휴일 날, 하숙집에서 우연히 주인아주머니의 따님을 보게 되었고, 그만 마음이 흔들렸다. 며칠간 설레는 마음을 숨기다가 주인아주머니에게 용기를 내기로 했다. 용기를 낸다고는 하지만 면전에서는 말을 못하고, 사무실에서 따로 전화를 드렸다. 이차저차 자초지종을 말씀드리고 따님을 좀 뵈었으면 한다고. 거절당할까봐 조마조마 했는데, 의외로 아주머니께서 흔쾌히 승낙해주셨다.

　그렇게 해서 만나게 된 따님은 이목구비며 체형이 어머니를 많이 닮아 있었다. 더군다나 따님은 내가 졸업한 인근 여대에서 피아노를 전공한 재원이었다. 어머니의 소개로 만나서인지 따님도 싫어하는 눈치가 아니었다.

그해 추석에 시골 고향집에 내려갔을 때, 아버님은 예상했던 대로 결혼을 재촉하셨고, 나는 인사드릴 사람이 있다는 말씀을 드렸다. 그런데 추석연휴를 마치고 상경한 지 며칠 뒤, 사전에 아무런 연락도 없이 갑자기 아버님이 서울에 올라 오셨다. 당신께서 며느리 감을 직접 봐야겠다는 것이었다. 평소 여장부 같던 하숙집 주인아주머니도 몹시 당황해 하셨다. 하숙집 주인아주머니는 너무 급작스러운 일이라 집안에서 손님을 맞이할 준비가 되어있지 않다며, 광화문 근처 다방에서 인사를 하자고 하셨다.

결국 그 다방에서 사단이 벌어지고 말았다. 아버님은 시골에서 먼 길을 마다하지 않고 상경했는데 숭늉보다 못한 쓸쓰름한 커피로, 그것도 집도 아닌 다방에서 대접을 한다며 불쾌해하셨다. 잔뜩 화가 나신 아버님은 '예의 없는 집안' 이라며 결국 '그런 집안과는 결혼 못해' 라는 한 마디를 남기고 바로 시골로 가버리셨다. 자칭 양반에게 술상 정도는 기본이라고 생각하셨던 것이다. 당사자인 신부감의 좋고 나쁨은 아예 거론조차 할 분위가 아니었다.

그 사건이 있은 후 나는 아주머니에게 인사도 못하고 하숙집을 도망치듯 빠져나왔다. 그리고 얼마쯤 후 하숙집 주인아주머니로부터 사무실로 전화가 걸려왔다. 한 번 보자는 것이었다. 겁도 나고 미안하기도 하여 나는 무조건 거절했다. 하지만 아주머니는 딸 문제가 아니라, 일본에서 내게 주려고 사온 전기면도기를 전해주려는 것뿐이라고 하셨다. 당시 꽤나 귀하고 비싼 그 선물을 나로선 받을 염치가 없었다. 하지만 아주머니는 그 전기면도기는 나를 위해 구입한 것이니 만약 받지 않겠다면 버릴 수밖에 없다며 한사코 받으라는 것이었다.

우여곡절 끝에 사무실 근처 다방에서 그 전기면도기를 받기는 받았는데 솔직히 어떻게 받았는지 기억이 잘 나지 않는다. 아마도 죄인 같은 심정으로 고개를 푹 숙인 채 땀을 삐질삐질 흘리며 받지 않았을까 싶다. 아주머니는 '딸과의 문제는 인연이 안 돼 그러니 너무 미안하게 생각하지 말고 열심히 살라.'고 오히려 나를 위로하셨다. 나는 미안한 심정과 경과 과정 등 양해를 구하고 싶은 말들이 목구멍에서 맴맴 돌았지만 끝내 한 말씀도 드리지 못했다. 너무 부끄러운 마음에 겨우 목례만 했을 뿐이다.

그렇게 무거운 걸음으로 뒤돌아선 지 30여 년. 이제 내게도 그때 내 나이의 미혼의 장성한 두 아들이 있다. 낡은 전기면도기 하나가 잊고 살아왔던 30여 년 전의 나를 되돌아보게 한다. ♣

현금보관증

아파트 베란다 창 너머로 단지 안에 있는 나무들이 내 눈 속으로 들어온다. 그 중에서도 하얀 목련이 유독 나의 눈길을 사로잡는다. 겨우내 봉오리 속에 있던 녀석이 얼마 전에 수줍게 꽃망울을 터뜨렸는데 그 모습은 언제 보아도 담백하다. 오늘따라 유난히 저 목련이 가슴속을 파고드는 이유는 뭘까.

때 없이 이런 상념에 젖어 있는데, '딩동' 문자 알림 메시지가 뜬다.

"맛있는 김을 보내줄 테니 주소를 알려줘."

이름도 뜨지 않는 낯선 문자 메시지이다. 최근 보이스피싱 피해 사례가 많아 그냥 무시하려다가 혹시나 하고 "누구신지요? 정

병수 배" 하는 답글을 날렸다. 그랬더니 "누군 누구냐. 천보 형이
지." 하는 답장이 왔다.

아, 박천보 선배였구나. 선배의 핸드폰은 016이었는데, 최근
010으로 바뀌는 바람에 이름이 뜨지 않아서 그만 실수를 하고 만
것이다. 그러고 보니 통화한 지도 꽤 오래되었다. 떡 본 김에 제사
지낸다고 바로 전화를 드렸다. 박 선배는 특유의 호탕한 목소리로
전화를 받는다.

"야, 너 요새 본부장 내려놓고, 교수되어 강의한다며? 너한테는
체질인 것 같은데 잘 해 보라고. 그건 그렇고, 조만간 식사라도 하
면서 옛날 얘기나 하자. 밥은 내가 살게."

"예, 그러도록 해야죠. 저도 선배님 보고 싶네요. 그런데 참 신
기하네요. 나도 며칠 전부터 선배님을 소재로 수필을 쓴다고 끙끙
거리고 있었거든요."

"그것 잘 됐네. 정 박사와 나는 원래부터 텔레파시가 통하잖아.
어떤 내용을 어떻게 쓰는지 궁금해지는데…"

"예, 조만간 완성될 겁니다. 완성되면 보여드릴 겸 해서 뵙도록
하지요."

25년 전, 주말도 없이 일하던 어느 날이었다. 그날도 피곤한 몸
을 이끌고 집에 도착하니 아내가 기다렸다는 듯이 말을 한다.

"여보! 오늘 저녁은 외식으로 해요."

여간해서는 그런 말을 하지 않던 아내였기에, 순간 나는 오늘

이 아내의 생일인지, 아니면 결혼기념일인지를 따져봤다. 둘 다 확실히 아니었다.

"오늘 무슨 날이야?"

그러나 아내는 대답 대신 웃기만 한다. 웃는 것으로 봐서 나쁜 일은 아닌 것 같아 다소 안심이 된다. 식당에 들어와서 자리에 앉자 아내는 평소와 다르게 맥주까지 주문한다.

"당신, 왜 이래? 안 하던 짓을 하고…"

아내는 대답도 하지 않고 맥주만 홀짝홀짝 마시다가 한참 뜸을 들인 후에야 한마디 던진다.

"여보! 사실, 나 당신 몰래 아파트 분양 신청을 했었는데, 글쎄 그게 당첨이 되었지 뭐야."

"뭐라고? 정말이야?"

나는 너무 놀라서 하마터면 소리를 지를 뻔했다. 아내는 숨겨둔 보물을 하나씩 꺼내 보여주듯이 다시 말을 잇는다.

"당첨된 아파트는 수서의 극동 48평이야…"

"뭐? 48평이라고? 당신 정말 통 하나는 크네. 그렇게 큰 평수를 어디에 쓰려고 신청했어?"

당시 우리 가족은 오래되고 낡은 24평 아파트에 살고 있었다. 그런 나에게 48평이라니! 위치도 당시 강남에 마지막 남은 노른자리라고 연일 방송을 타던 바로 그곳이 아닌가. 나는 밥을 먹는 둥 마는 둥 하며 어느새 무지갯빛 그림을 그리고 있는데, 별 것 아닌 것처럼 태연하게 얘기하는 아내의 한마디가 내 머리를 찌른다.

영원한 춤꾼

117

"그런데 일주일 내에 계약금 2천500만 원을 걸어야 유효하다네. 당신 공인회계사니까 그 돈 마련할 수 있지? 그리고 3개월마다 분할금 2천500만 원씩 납부해야 된데. 안 그러면 가산금이 많이 붙는 것 같은데…"

"뭐라고? 2천500만 원, 아니 5천만 원이라고?"

저축한 돈이라고는 적금으로 매달 납입하고 있는 기백만 원이 다인데, 그 많은 돈을 어떻게 장만한단 말인가. 갑자기 눈앞이 캄캄해지며, 현기증이 오기 시작한다.

"일주일 안에 계약금을 마련하지 못하면 어떻게 되는데?"

"당연히 취소되겠지."

아내는 아무렇지도 않은 듯 말한다.

이 일을 어쩌나? 나는 누구에게 돈을 빌려달라고 할 만큼 넉살이 좋은 편이 아니다. 주위 친구들을 떠올려본다. 모두 고만고만할 뿐이다. 혹시 아버지는 어떨까? 어림도 없다. 농촌에 계시는 아버지는 돈은 고사하고 담보조차 서 줄 능력이 없다.

다음날 아침, 나는 용기를 내어 직장 상사에게 어렵게 부탁을 했으나 기대와는 달리 성과가 없었다. 그 대신 소개해준 은행 지점장을 통해 차입 여부를 알아보니 신용대출은 소액만 가능하고 담보대출도 심사에 일주일 이상 걸린다는 것이다. 시간은 없는데, 해결할 묘안은 보이지 않았다. 할 수 없이 그날 저녁 나는 아내에게 조심스레 타진해 보았다.

"여보, 미안하지만 장모님한테 부탁하면 안 될까? 융통이 안 되면 담보라도…"

내 말이 채 끝나기도 전에 아내는 즉각 단호하게 말한다.

"차라리 계약을 포기하더라도 그렇게는 못해!"

어느 정도 예상은 했지만, 조금은 서운하고 섭섭했다. 그 이후 여기 저기 생각나는 친척 등 지인들을 떠올려 보았으나, 가능성 보다는 한숨만 나왔다. 그러다 문득 박 선배가 떠올랐다. 박 선 배는 고등학교, 대학 6년 선배였으나, 학창시절에는 모르다가 사 회에 나와서 알게 된 사이였다. 선배는 성격이 시원시원하고, 매 사에 두뇌 회전이 빨랐다. 그리고 나에 대한 배려도 각별하여, 사용하던 골프채와 레슨비까지 내주면서 운동을 하라고 하기도 했다.

"선배님, 어려운 부탁이 있는데요. 찾아가도 될까요?"

"그래? 부탁할 것이 뭔지는 몰라도 내가 할 수 있다면 들어줘야 지. 지금은 좀 바쁘니까 잠시 후에 내 사무실에서 만나서 얘기 하 자고…"

나는 서둘러 선배에게 달려가서 염치불구하고 사정 얘기를 했다.

"그것 잘 됐구먼. 축하해. 그런데 얘기는 결국 돈 빌려달라는 것이네, 뭐. 넉넉하게 빌려주면 좋겠는데, 여윳돈이 많지 않아 어 쩌지?"

그러면서 경리 직원에게 통장을 가져와 보란다.

"후배, 이것 좀 봐. 통장에 잔고가 이것 밖에 없어. 이것이라도 몽땅 빌려줄 테니 현금보관증을 써 줄 수 있나? 계산은 분명해야 좋으니까. 금리는 1부 5리로 하고, 어때?"

"예, 선배님, 그렇게 하고말고요."

나는 5천600만 원에 대한 현금보관증을 쓰고 손도장까지 찍었다. 그렇게 선배의 도움으로 무사히 계약금과 1회 분할금을 납부할 수 있었다. 그러나 그 후에도 가난한 집에 제사 다가오듯이 분기별로 납부해야할 아파트 분할금은 어김없이 다가왔고, 그걸 장만하느라고 우여곡절이 많았다. 당연히 선배로부터 빌린 돈은 갚을 엄두조차 못 냈다. 물론 선배가 독촉을 하지는 않았으나, 그럴수록 심적 부담이 이만저만이 아니었다.

어느새 현금보관증을 쓴 지 2년의 세월이 흘러갔다. 원금 5천600만 원에 월 1부 5리로 2년간 이자까지 계산하니 대략 8천만 원이나 되었다. 이를 갚지 못하고 있으니 선배에게 전화조차 드리기 힘들었다. 그러던 중 살고 있던 아파트가 팔려 6천만 원이 마련되었을 때 나는 오랜만에 선배에게 전화를 했다.

"선배님, 오랜만입니다. 그간 별고 없으시지요?"

"그럼, 나는 그럭저럭 잘 지내고 있지. 하여튼 오랜만에 후배 목소리 들으니까 반갑네. 그래 후배도 재미있나?"

"그저 그렇지요, 뭐. 아무튼 그간 자주 인사드리지 못해 죄송합니다. 혹시 오늘 시간은 어떠세요?"

"뭐, 내가 어디 갈 데 있나? 봉천동 현장에 있으니까 편한 시간에 들르라고."

나는 전화기를 내려놓고 잠시 생각에 잠겼다. 선배의 전화 목소리 톤으로만 보면 예전처럼 편안하게 대해줄 것 같기도 했지만, 만나면 그간의 소원함으로 섭섭해 하지는 않을지 걱정이 되었다.

나는 6천만 원이 담긴 흰 봉투를 조심스레 안주머니에 넣고, 선배가 계시는 봉천동 언덕을 터벅터벅 걸어 올라갔다. 이른 봄이라서 그런지 아직 쌀쌀한 바람이 얼굴을 스치는가 싶더니, 어느새 약속장소인 봉천동 현장에 도착했다.

따끈한 커피 잔을 앞에 두고, 먼저 그간의 안부를 물어보니 선배님은 이제 몇 채 남지 않은 집을 마저 처분하기 위해 애쓰는 중이란다. 나는 2년 전에 썼던 현금보관증 사본을 꺼내면서 어색하게 말끝을 흐렸다.

"선배님, 그동안 빚을 갚지 못해 죄송합니다. 오늘 겨우 원금이 조금 넘는 6천만 원만 마련해 왔습니다. 나머지 이자는 형편 되는 대로 곧 갚도록 하겠습니다. 받아주시면 고맙겠는데…"

내 말이 떨어지자마자 선배는 다짜고짜로,

"정 회계사, 돈 마련하느라 수고했네. 그런데 말이야. 원금만 받겠네. 그러니 400만 원은 도로 가져가. 그때 현금보관증을 쓴 것은 굳이 이자를 받으려고 한 것이 아니었어. 현금보관증을 안 쓰게 되면 이자는커녕 원금도 못 받는 불행한 경우를 종종 보게 되잖아. 그렇게 되면 돈도 잃고 아끼는 후배까지 잃게 될 수도 있어. 안 그래? 그래서 의도적으로 그렇게 한 것이네."

그러면서 선배는 큰 소리로 웃는다.

"아니, 이러시면 안 됩니다. 그때 빌려주신 것만도 얼마나 고마운데…"

나는 한사코 그렇게 할 수 없다고 했다. 그러자 선배는 앞으로 더 이상 만나고 싶지 않다면 그렇게 하되, 안 그러려면 받으라며 기어이 400만 원을 내 호주머니에 넣어 주었다. 그리곤 내가 보는 앞에서 현금보관증을 짝짝 찢는 것이었다. 전혀 예상치 못했던 선배의 반응에 순간 눈물이 핑 돌았다.

선배의 도움에도 불구하고 그 후 4년의 세월이 흐른 후에야 우리 가족은 어렵사리 그 집에 입주할 수 있었다. 입주하는 날 아파트 입구 양쪽 화단에는 목련 두 그루가 마치 우리 가족의 늦은 입주를 축하라도 하듯이 만개하여 웃고 있었다. 이제는 그곳을 떠나 살고 있지만, 목련이 피는 이맘때면 그때 화단에 핀 목련과 인연을 맺게 해준 선배의 얼굴이 되살아난다. 그리고 매년 봄이면 어김없이 피어나는 목련은 우리 가족이 어렵사리 입주했던 그 집과 그 시절을 제일 먼저 떠올리게 한다. ♣

15년 동안의 행복

대표적인 애완동물이 개이다. 애완견을 키우는 사람은 흔히 애완견을 가족의 일원으로 생각한다. 물론 개를 싫어하는 사람들은 이해하기 힘들 것이다. 나도 한때는 그랬다. 반면 내 아내는 개를 무척 좋아한다. 신혼 초 아내는 길을 가다가도 개만 보면 귀엽다고 어쩔 줄 몰라 했다. 내성적인 성격에도 불구하고 아내는 초면인 개 주인에게 말도 잘 걸었다.

두 아들의 엄마가 된 후 아내는 일주일이 멀다하고 강아지를 기르자고 졸라댔다. 사실 신혼 초 우리는 10평 남짓한 좁은 연탄 아파트에 살았기 때문에 개를 키울 형편이 아니었다. 더구나 시골 출신인 내게 개는 단지 한여름 복날에 사라지는 하찮은 미물일 뿐이었다. 나는 누구라도 애완견 운운하는 것에 대해 못마땅해 했고, 그것은 한가한 사람들의 배부른 이야기쯤으로 치부했다.

그럼에도 불구하고 아내는 아이들의 정서에 좋다며 성화를 해대더니만, 어느 날 어디서 얻었는지, 기어이 새까만 재래종 강아지 한 마리를 가져왔다. '순돌이'라 이름 붙인 강아지를 예상대로 아내와 아이들은 무척 좋아했지만, 나는 성가시기만 했다. 그런데 다행히 몇 개월 안 돼 강아지는 우리집에서 더 이상 살 수 없게 되었다. 금세 커버린 강아지가 하도 짖어대는 바람에 아파트에서 더 이상 키울 수 없게 된 것이다. 아내는 어쩔 수 없이 순돌이를 단독주택에 사는 친구에게 보내야 했다. 물론 나는 표현은 안 했지만 속이 후련했다.

강아지 없이 지내는 조용한 기간이 1년 정도 지난 어느 날이었다. 이번엔 여섯 살짜리 큰 놈이 퇴근할 때마다 연일 강아지 타령을 하기 시작했다. 나는 키울 수 없는 이유를 조목조목 들어가며 설득했지만 아들 녀석은 막무가내였다. 더 이상 버틸 수 없게 된 나는 아들을 성남 모란시장에 데리고 가 재래종 새끼 강아지를 직접 고르게 했다. 이번에는 '발발이'라고 이름 붙였다. '발발이'란 이름 때문인지 어쩌나 발발거리고 돌아다니는지 여간 귀찮은 게 아니었다. 하지만 두 아들은 세상을 다 얻은 것처럼 좋아했다.

'발발이'도 얼마 안 가 몰라볼 정도로 몸집이 커졌다. 짖는 소리가 커서 이웃에게 피해를 주는 것 같아 가족 합의하에 이번에는 내가 단골로 이용하는 식당 아주머니에게 주기로 했다. 발발이를 떼어놓던 날, 큰 아들은 슬픈 표정으로 연신 "잘 자라고 있으면 다시 올게"라며 손을 흔들었다. 그 후 큰 아들은 간혹 식당에 가 발발이가 잘 자라고 있는지 확인하곤 했다. 그런데 어느 날부터인가 그 식당에서 발발이의 모습이 보이지 않았다. 차마 물어보진 못했지만 아마 보신탕집으로 끌려갔을 것이다. 가슴이 아파 다시는 강아지를 키우지 말아야겠다고 생각했다.

그 후 모 선배와 대화하다 우리 아들의 강아지 사랑이 화제가 된 적이 있었다. 그리고 그런 대화를 했다는 사실조차 까맣게 잊고 지내던 1992년 어린이날, 그 선배가 갓 태어난 요크테리어 한 마리를 어린이날 선물이라고 가지고 왔다. 크기가 어른 주먹 밖에 안 되는 조그만 것이 겁먹은 얼굴로 꼼지락거리는 게 신기하고 귀여웠지만, 잘 기를 수 있을지 내심 걱정이 되었다. 그날 우리는 야외로 놀러갈 계획도 잊은 채 선물 받은 강아지 주위에 둘러앉아 말 꽃을 피웠다.

이름은 이미 우리 집을 거쳐 간 순돌이와 발발이에서 한 글자씩을 따 '순발이'로 했다. 애들도 좋아하고 아내도 정성으로 보살펴서인지 순발이는 큰 병 없이 잘 자라 주었다. 나는 처음에는 순발이가 좋지도 싫지도 않았다. 그런데 어느새 조금씩 좋아하고 있는 게 아닌가. 신혼 초 아내가 그랬듯이, 나도 지나가는 애완견을 보면 주인에게 이름, 나이, 종류 등을 물어보며 관심을 표하고 있는 게 아닌가.

퇴근해서 아파트 근처에 오면 순발이는 그 뛰어난 후각으로 내가 가까이 오고 있음을 알고 마구 짖어댔다. 그리고 거실에 들어서기가 무섭게 내 품으로 달려들어 1~2분 정도 안겨 회포를 풀어야 떨어지곤 했다. 만약 모른 채 하면 안아줄 때까지 다리에 매달리곤 했다. 개는 참 충성스러운 동물이다. 더욱이 충성 순위를 정하기도 한다. 순발이도 예외가 아니었다. 1순위는 나였다. 2순위는 낮에 같이 놀아주는 아내, 3순위는 먼발치에서 조용히 지켜보는 둘째 아들, 의외로 순발이를 가장 사랑하는 큰 아들은 꼴찌였다. 큰 아들은 순발이에 대해 지고지순(至高至順)한 사랑을 보였지만, 순발이가 그 사랑을 받아들이지 못해 언제나 섭섭해 했다. 내가 순발이 사랑의 1순위가 될 수 있었던 것은 아마도 후한 먹이주기와 야외 외출을 도맡아 주었기 때문이 아닐까.

순발이는 집안의 평화적 분위기 조성에도 1등 공신이었다. 누구든 집안에서 큰 소리를 내기라도 하면 예외 없이 소리 내는 사람을 향해 짖어댔다. 순발이의 짖어대는 소리가 시끄러워서라도 모두들 조용할 수밖에 없었다. 또 여간 깜찍한 게 아니어서 우리에게 많은 웃음을 주었다. 내가 외출할 때면 집에서 기다려야 할지 아니면 따라 나서도 될지를 구분하는 영리함도 있었다. 피치 못할 사정으로 혼자 종일 집에 있게 되는 날이면 집안에다 온갖 화풀이를 하곤 했다. 쓰레기통의 쓰레기를 거실에 뿌려둔다든가, 잘 가리던 오줌을 보란 듯이 거실 한복판에 싸놓는다든가 하는 식이었다. 그리고는 혼날까 봐 장롱이나 책상 밑에 숨어 있다가 누군가 부드러운 목소리로 부르면 그때서야 겸연쩍은 듯 꼬리를 흔들며 나오곤 했다.

이렇게 가족의 일원처럼 기쁨과 즐거움을 주던 순발이에게 시련이 찾아왔다. 2003년 어느 날 아파서 동물병원을 찾아갔더니 수의사가 암이라고 했다. 중증으로 수술을 해도 살아날 확률이 50% 밖에 안 된다고 했다. 수술비용도 은근히 부담이 되었다. 하지만 고심 끝에 수술을 시켰고, 다행히 위기는 넘겼다. 그러나 이후에도 한 차례 더 수술을 받아야 했고, 끝내 2007년 8월 순발이는 우리와 영영 이별했다. 그날 아침 집을 나서면서 '저녁에 보자'며 손짓하니, 평소와 다르게 누운 채 꼬리만 흔들었다. 그리고 점심 무렵 아내로부터 힘없는 전화 한 통을 받았다.

"순발이가 죽었어요."

순간 가슴도 머릿속도 멍해졌다.

순발이는 우리 가족 모두의 슬픔 속에 화장(火葬) 후 애완동물 납골당에 안치됐다. 나는 그동안 순발이가 우리 가족에게 주었던 행복을 되새기며, 짧은 비문(碑文)을 썼다.

"15년간 우리에게 큰 기쁨을 주고 떠난 충성스런 강아지 '순발이'를 애도하다. 가족 일동 올림" ♣

감사(監事)와 감사(感謝)

　　세상에는 많은 직업이 있다. 또 조직에는 사장(CEO), 이사, 부장 등을 포함하여 말단 직원에 이르기까지 많은 직위가 있다. 그 중에는 감사(監事)라는 직분도 있다. 그 감사의 직분은 상임일 수도 있고, 비상임일 수도 있다. 대체로 큰 조직의 경우에는 상임감사를 두기도 하지만, 일반적인 경우에는 비상임감사를 두어 1년에 한두 번 정도 총회나 이사회에 나가 감사(監査)보고를 하는 것이 고작이다. 회사든 비영리기관이든 결산 승인은 감사(監事)의 감사(監査)보고가 있어야 종결되기 때문이다. 대개 큰 이슈가 없는 경우에는 결산 승인이 쉽게 통과되지만, 조직 구성원 간 이견이 있거나 재무 문제로 갈등이 생기면 감사의 역할이 중요하게 부

각된다. 즉, 일반적으로는 감사의 역할이 미미한 듯 보이지만 때로는 감사보고가 조직의 운명을 좌우하는 경우도 있다는 뜻이다.

　내게는 이런저런 단체의 직함(회장, 이사, 총무, 사무국장 등)이 있다. 그 중에서도 감사라는 직분이 유독 많다. 물론 상근감사를 한 적은 없다. 나의 이력에 감사직분이 많은 것은 아마도 일찌 감치 내가 감사를 주 업무로 하는 공인회계사(公認會計士) 자격을 가졌기 때문이 아닌가 싶다. 나는 대학 재학 중 공인회계사 시험에 합격한 이후, 7년 동안 회계법인에서 감사업무와 세무업무를 맡아서 일했다. 직장을 대학으로 옮기고서도 첫 직분은 감사과

장이었다.

회계법인 또는 감사과장이 나의 주 커리어(main career)가 되면서 이런저런 단체에서 감사 역할을 요청받은 경우가 많게 된 것이다. 한국유가공협회의 감사, 한국종이팩재활용협회 감사, 사립대학감사협의회의 감사자문, 아시아연구기금의 감사 등 민간단체에서 주로 감사를 맡았다. 되돌아보면 막중한 감사 직분을 충실히 수행했는지, 아니면 감사라는 이름만 올리고 제대로 감사는 하지 않았는지 평가는 그 단체에 관여했던 임직원들의 몫이겠지만 개인적으로는 보람되고 유익했다.

특히 사회복지법인 각당복지재단은 1987년에 우리나라에서 최초로 체계적인 자원봉사자 양성을 목적으로 설립된 기관이다. 2012년 현재 창립 25주년을 맞았는데, 나는 법인 창립 때부터 만 25년 동안 감사를 맡았다. 4반세기나 비상임 감사로 재직한 셈이다. 한 단체의 감사로 4반세기 동안 봉사했다는 이야기는 아직까지 들어보지 못했으니, 기네스북(Guinness Book)에 오를 정도 아닌가 싶다. 이 복지법인의 감사는 두 명인데, 그간 나와 함께 한 감사 파트너가 6명이나 된다. 최초 설립 출연금(出捐金)은 3억 원이었는데, 25년간 자원봉사 양성, 호스피스 봉사자 교육, 죽음과 관련한 웰다잉(well-dying) 교육, 다문화 멘토 자원봉사자 양성 등 목적사업비로 50여억 원의 예산을 사용하고도 2011년 말 현재 총 자산이 34억 원이나 된다. 모범적인 사회복지법인으로 성장한 것에 가슴이 뿌듯해진다.

비상임 감사로 오랫동안 봉직하고 있는 또 하나의 단체는 낙농
진흥회이다. 낙농진흥회는 낙농진흥회법에 의해 1999년 1월에
설립된 농림수산식품부 산하 반관반민단체로서, 우리나라의 낙
농업과 관련 산업 발전에 기여하기 위해 원유(原乳)와 유제품의
수급조절, 원유의 가격안정 및 품질향상 등을 목적으로 설립한
비영리기관이다. 내 직무와 관련된 것 중 우유사업이 있는 관계
로 낙농진흥회와 인연을 맺은 이래 2015년 3월 현재까지 이 단체
의 비상임감사로 있었으니, 햇수로 16년째가 된다. 이 단체의 비
상임감사도 두 명인데 그간 나의 파트너로 거쳐 간 감사만 해도 6
명에 이른다.

　　감사는 평상시엔 있는 듯 없는 듯 보이지만 때로는 악역도 감
수해야하는 직분이다. 그렇지만 앞으로도 체력과 시간이 허락하
는 한 그리고 그것이 비록 비상임이라 하더라도 소명의식을 가지
고 늘 감사(感謝)하며 최선을 다할 생각이다. ♣

생각의 여적

가장 훌륭한 시는 아직 씌어지지 않았고
가장 아름다운 노래는 아직 불려지지 않았다.
최고의 날들은 아직 살지 않은 날들,
가장 넓은 바다는 아직 항해되지 않았고
가장 먼 여행은 아직 끝나지 않았다.

불멸의 춤은 아직 추어지지 않았으며
가장 빛나는 별은 아직 발견되지 않는 별
무엇을 해야 할지 더 이상 알 수 없을 때
그때 비로소 진정한 무엇인가를 할 수 있다.
어느 길로 가야 할지 더 이상 알 수 없을 때
그때가 비로소 진정한 여행의 시작이다.

-나짐 히크메트-

01_ 애매함의 여적(餘滴)

02_ 4전5기의 운전면허증

03_ 월척 광어 바다낚시

04_ 요로 결석, 작지만 큰 고통

05_ 마지막 이사(移徙)이기를

06_ 국기에 대한 맹세

07_ 억수로 재수 좋은 날

08_ 고소공포증과 폐쇄공포증

09_ 각당 선생님을 그리며

10_ 슬픔 없는 이별이 있으랴

11_ 갈수록 태산

애매함의 여적(餘滴)

"중국 식당이죠?"

"예, 맞습니다. 상해식당입니다."

"여긴 강남역인데요. 어떻게 가야죠?"

"6번 출구로 나오셔서 쭉 가시면 강남슈퍼가 나오고요, 거기에서 좌측으로 조금만 오시면 보입니다."

"쭉이 몇 미터나 되는데요?"

"가깝습니다. 금방 옵니다."

더 정확하게 위치를 묻고 싶었지만, 까다롭다고 할까 봐 그냥 찾아 가기로 한다. 아니나 다를까. 한참을 헤맨 후에야 겨우 슈퍼를 찾을 수 있었다. 족히 300m는 되는 것 같다. 그런데도 쭉 오기만 하라니 답답하기 짝이 없다. 다시 좌측으로 방향을 돌렸다. 그러나 찾으려는 식당은 도무지 보이지 않는다. 하는 수 없이 식당에 다시 전화를 걸었다.

"식당이 안 보이네요."

"손님, 앞에 뭐가 보입니까?"

"00생명 건물이 저 앞에 보이네요."

"손님, 그쪽이 아니고 그 반대 방향입니다."

"아니, 좌측이라고 했잖아요?"

"아, 죄송합니다. 손님 입장에서 보면 우측입니다. 미안합니다."

어이가 없어 한숨이 나왔다.

'길눈이 밝다는 나도 헤매는데, 다른 손님들은 오죽할까?'

결국 식당을 찾느라 헤맨 만큼 약속 시간에 늦게 도착했다.

"어서 오세요. 손님"

"예, 고맙습니다. 그런데 방금 통화하신 분인가요?"

"예, 제가 받았는데요. 죄송해서 어쩌지요?"

40대로 보이는 여성은 미인이고 친절하지만, 길 안내는 낙제점이다. 화를 참으며, 평상시에 가졌던 내 생각을 전했다.

"아주머니, 앞으로 길을 안내할 때는 몇 미터라든지, 몇 분 정도 걸린다든지 하면 좋지 않을까요?"

그런데 돌아온 반응은 의외였다.

"손님, 그렇게 얘기하면 대부분 잘 찾아오시거든요."

그날 저녁식사 내내 내 머릿속엔 그 아주머니의 짤막한 한 마디가 여적(餘滴)이 되어 맴돌았다. 그런 일이 있고 얼마 후였다. 대학 친구가 전화를 걸어와 할 이야기가 있다고 했다. 전화상으로 하면 안 되겠느냐고 했더니 굳이 만나자며 씩씩거린다. 약속된 카페에 들어서니, 친구의 얼굴이 약간 흥분되어 있다. 아니나 다를까, 친구는 음료수를 주문하기도 전에 한마디 던진다.

"너 일용이 알지? 일용이 그 자식 왜 그래?"

"왜 무슨 문제가 생겼니?"

언젠가 친구와 셋이 식사를 한 기억이 난다. 무던하고 진솔한 사람으로 보였다. 자세한 업종은 몰라도 사업을 제법 크게 하는 것 같았다. 친구는 꽤나 속이 상한 모양이었다.

사건의 발단은 일용이가 수고비를 줄 테니, 친구에게 중간 역할을 해달라고 신신당부했던 모양이다. 친구가 많은 시간과 비용을 써가며 노력한 결과 다행히 일이 잘 성사되었고, 서로 애썼고 축하한다며 기분 좋게 저녁을 하고 헤어졌단다. 문제는 그 다음 날 통화에서 수고비의 규모에 대해 각자 동상이몽을 한 모양이다. 친구는 일용이가 남을 배려하지 않는 상식 이하의 사람으로, 다시는 도와주고 싶지 않다고 했다.

"처음에 어떻게 하기로 하고 시작했는데?"

"일용이가 적당하게 알아서 수고비를 준다고 했지…"

"미안한데, 그러면 된 것 아냐? 적당히 알아서 해 주기로 했다며…"

"그게 말이 되냐? 그런 수고비 받고 누가 도와 주냐?"

"…"

잠시 침묵이 흘렀다.

"이왕지사 그렇게 되었으니, 돈 잃고 친구까지 잃지 말고 참는게 어때? 그리고 앞으로는 수고비를 받을 생각이면 '적당히' 또는 '알아서 줘' 라고 하지 말고, 상대가 기분 상하지 않는 범위에서 구체적으로 제시해 보는 게 어때?"

"그런 합의를 보고 시작하는 게 좋을 것 같은데…"

친구는 기껏 불렀더니 동의는 고사하고 약만 올린다고 섭섭해했다. 그 말도 맞는 것 같아 미안하긴 하다. 막상 내가 그런 경우를 만나면 나는 어떻게 대처할까? ♣

4전5기의 운전면허증

몇 년 만에 모처럼 운전대를 잡으니 조심스럽고 긴장된다. 살고 있는 아파트에서 가까운 익숙한 도로이건만 옆 차가 자꾸 끼어들 것 같아 신경이 쓰인다. 정지선에서 출발이 굼뜰 때면 뒤에서 울려대는 경적소리에 깜짝깜짝 놀란다. 자동차 뒤 유리에다 '장기간 휴직 후 운전'이라고 써 붙여야 하나 하는 생각까지 들 정도다.

그동안 나는 나름대로는 제법 얌전하게 운전한다고 생각해왔다. 그런데 남들이 보기에는 전혀 그렇지 않은 모양이다. 오죽하면 우리 가족들도 내가 운전하면 잘 타지 않으려 할까. 가족들은 내게 급출발, 급브레이크에 차선마저 잘 지키지 않는다고 성화다.

그러다 보니 어쩌다 사람을 태워야 할 경우에는 출발 전에 '내 운전은 특별하므로 손잡이를 꼭 잡는 것이 좋을 겁니다.' 라고 미리 한마디 던져둔다.

세 살 버릇 여든까지 간다더니 내 나쁜 운전 습관의 근원은 1982년으로 거슬러 올라간다. 하루는 사무실 선배가 새 차를 구입했다며, 타던 자동차를 인수할 용의가 있으면 하라는 것이었다. 고덕에서 광화문까지 매일 버스로 출퇴근하는 것이 만만치 않았던 나는 면허증도 없이 덜컥 승낙하고 말았다. 그때부터 자동차 운전을 배우러 다녔고, 얼마 후 면허증 시험에도 응시했다. 필기시험을 좋은 성적으로 통과하고, 이어 T코스와 S코스 시험도 가볍게 통과했다. 남은 것은 주행코스뿐이었다. 그런데 주행코스 중 비탈길에 멈췄다가 재출발하는 곳에서 치고 올라가지 못하고 그만 뒤로 주르르 미끄러지고 말았다. 당연히 불합격이었다.

면허 시험장이 많지 않던 시절이라 다시 응시하려면 달포 정도 기다려야 했다. 그렇게 기다렸다 다시 도전했건만 두 번째 시험에서도 똑같은 지점에서 똑같은 내용으로 통과하지 못했다. 그 뒤로도 두 번이나 원서를 접수했으나 번번이 사정이 생겨 응시하지 못했다. 금방 면허증을 딸 것이라고 생각해 차를 인수했는데, 운행도 못하고 아파트에 세워둔 지 6개월이 넘어가고 있었다.

드디어 다섯 번째로 도전하는 날, '자라보고 놀란 가슴 솥뚜껑 보고 놀란다.' 더니, 주행 코스 출발선에 서기만 해도 가슴이 두근 거렸다. '오늘은 신중해야지. 그리고 꼭 합격해야지…' 하며 운전 대를 잡았다. 탑승한 감독관은 여느 때와 달리 젊은 여자 경찰이 었다. 나는 여경의 지시에 따라 액셀러레이터를 힘차게 밟고 10미 터 쯤 갔다. 그런데 뭐가 잘못된 건지 다시 출발선으로 후진하라 는 게 아닌가. 후진을 한 그 순간 "쾅!" 하는 소리와 함께 내 상체 가 앞뒤로 흔들리면서 갑자기 멍해왔다. 출발선에서 내가 떠난 후 에 다음 순번이 이미 차를 대기하고 기다리고 있었던 것이다. 앞 뒤차 감독관으로 탄 남녀 경찰 간에 고성이 오갔다. 얼마 후 여경 이 상기된 표정으로 탑승하고는 '미안하다' 며 차분히 출발하란 다. 차분할 리가 없지만, 맘이 한결 놓인 탓인지 '멈춤 후 출발' 하 는 비탈길에서도 미끄러지지 않고 산뜻하게 치고 올라갔다. 어렵 사리 합격한 것이다.

며칠 후 4전5기에 빛나는 운전면허증을 받은 날. 나는 기쁜 나 머지 도로 주행 연습도 없이 바로 차를 몰고 도로로 나갔다. 그런 데 기쁨도 잠시, 옆 차는 쌩쌩 달리고 뒤에서는 빨리 안 간다고 연 신 경적을 울려댔다. 정신이 없었다. 겁이 나서 차를 도로가에 세 우려고 했으나 이번에는 차선을 바꾸기가 겁이 나고, 백미러를 볼 정신도 없었다. 식은땀을 뻘뻘 흘리며 앞 차를 따라 직진만 했다. 다시 돌아서 집으로 오고 싶었지만 엄두가 나질 않았다. 어느새 사무실이 있는 광화문까지 오게 되었고, 무아지경인 상태로 겨우 사무실 지하주차장에 차를 세웠다. 아무리 생각해도 다시 차를 몰고 갈 자신이 없어서 결국 버스를 타고 집으로 돌아왔다. 그런 후 얼마동안 차를 몰지 못했다. 처음부터 올바른 운전습관을 길들이지 못한 탓에 나는 아직까지도 '급출발' '급멈춤' '급차선 변경'을 무의식적으로 하는 모양이다.

면허 시험장에서 겪은 사고가 액땜이었는지는 몰라도, 나쁜 운전 습관에도 불구하고 나는 지극히 사소한 두 건의 접촉사고를 제외하면 아직까지 30년 무사고 운전자이다. 하지만 요새는 자가 운전보다 지하철이나 버스 등 대중교통을 이용하는 것이 더 편하다. 나이가 든 탓이기도 하고, 우리나라 대중교통 시스템이 잘 되어 있기 때문이기도 하다.

간혹 신분증 등으로 자동차 운전면허증을 사용하게 되는 경우 그때의 어처구니없는 해프닝이 생각나 나도 모르게 마음을 다잡게 된다. (월간 한국수필 신인상 작품. 2015.3) ♣

월척 광어 바다낚시

2006년 가을 어느 날, 직장 동료들과 가을 나들이를 겸하여 난생 처음 바다낚시에 동참하기로 했다. 지금도 그렇지만 당시에도 나는 등산 외에 이렇다 할 취미가 없었다.

직장 생활을 막 시작하던 30여 년 전에는 민물낚시가 붐이었다. 월요일 점심때면 심심찮게 주말에 다녀온 낚시 얘기가 화제가 되곤 했다. 그때마다 '얼마나 재미있으면 주말에도 쉬지 않고 낚시하러 가는 걸까?' 라는 의구심에 나도 한 번 따라가기로 했다. 그래서 간 곳이 안성의 고삼 저수지였다. 경험 많은 세 사람만 믿고, 나는 아무런 준비도 없이 몸만 따라간 것이다. 사실 나로선 낚시도 낚시지만 술이 문제였다. 나는 술에 약한 반면, 셋은 모두

'한 술' 하는 사람들이었기 때문이다. 아니나 다를까. 저녁부터 시작한 술은 아침까지 이어졌다. 때는 8월이라 날씨는 덥고 고기는 잡히지 않자, 일행은 투덜거리며 계속 술만 마셔대는 것이었다. 즐거움은 온데간데없고 지루함과 피곤함만 몰려왔다. 날씨가 더워 잠도 잘 수 없었다. 하루 동안 잡은 것이라곤 잔챙이 몇 마리가 전부였고, 자리를 접을 땐 모두 도로 풀어주었다. 그리고 저녁에는 화풀이라도 하듯 매운탕을 주문했다.

그날 이후 낚시에는 전혀 관심을 두지 않았다. 낚시가 멋진 레저라기보다 미물(微物)을 미끼로 물고기를 잡는 일종의 사기이며, 술이나 마시는 하릴없는 사람들의 시간 때우기 정도로 비쳐졌기 때문이다. 바다낚시에는 더더욱 관심이 있을 리 만무했다. 하지만 이번 바다낚시는 직원들의 중의를 모은 결정이었다. 자의반 타의반으로 가는 셈이었는데, 출발 전부터 걱정이 앞섰다. 바다낚시가 처음인데다 안전도 걱정되었다. 문득 대학 1학년 때 목포에서 제주도까지 배타고 갈 때 겪었던 심한 배멀미까지 되살아나 기분이 밝지 못했다.

새벽 4시에 집을 출발하여 5시 20분에 인천 연안부두에 도착했다. 6시 정각, 일행은 낚시 전용 배를 타고 부두를 떠났다. 아직 사방은 어두웠다. 하지만 이내 수평선 너머로 해가 뜨고, 어두웠던 바다 표면이 아침 해에 반사되어 반짝거렸다. 배 위에서 맞는 새벽바람은 매우 쌀쌀했다. 이번 배낚시가 휴식 없이 달려온 무료한 일상에 활력을 주고, 직원들 간에 친목을 다질 수 있다고 생각하니 마음이 한결 가벼워졌다. 그러나 한편으론 사고에 대한 염려가 멈추지 않았다. 통통거리는 배는 이름 모를 등대와 섬들을 지나 2시간 정도 달린 후에야 멈춰 섰다.

선장으로부터 낚시에 관한 약간의 설명을 듣고 어설프게 낚시를 시작했다. 잔뜩 기대에 차서 낚싯대를 던지는 직원들과는 달리, 나는 낚싯줄을 다루는 것부터 서툴렀다. 갯지렁이와 미꾸라지 미끼를 만지는 것조차 징그러웠다. 우두커니 앉아 있으니 옆에 있던 직원이 눈치를 채고 도와준다. 바닷바람은 또 왜 이리 센지, 후드 모자를 뒤집어써도 쌀쌀하다. 옆에 있는 동료들은 연신 낚싯줄을 내리고 올리고를 반복한다. 나도 흉내를 내 본다. 서투른 의원이 생사람 잡듯이 내 낚싯줄은 바위에 낀 건지 자꾸 줄이 끊어진다. 그러다 기어이 선장으로부터 공개 경고를 받는다. 직원들에게 미안해 얼른 시선을 다른 데로 돌린다. 낚시보다 저 멀리 지나가는 선박들과 단풍으로 아름답게 물들어가는 섬이 나를 더 사로잡는다.

기다림이 지루하다고 느껴질 때쯤 한 쪽에서 "우럭을 잡았다!"는 소리가 들렸다. 그 소리를 시작으로 여기저기서 "광어를 잡았다", "장대를 잡았다" 등의 소리가 터져 나왔다. 직원들이 한두 마리씩 잡는 동안 내겐 아무 소식이 없었다. 머쓱한 생각에,

"오늘 내가 가장 큰 놈을 잡아 보겠소. 명심보감에 마음이 착한 자에게는 복이 있다고 하였으니 기다려봅시다. 나는 그동안 악한

짓은 안 한 것 알지 않소?'

물론 무책임한 허세고, 기대할 수 없는 농담이었다. 나는 한참이 지난 후 겨우 잔챙이 두 마리를 낚았을 뿐이다.

울적해 있는데, 선장이 자리를 옮겨야겠다며 모두 낚싯대를 거두란다. 10여 분을 달린 후 선장은 닻을 내린다. 쌀쌀한 날씨 속에 간식을 먹으면서 낚시를 하는 둥 마는 둥 느릿느릿 낚싯줄을 내렸다. 그리고 무작정 기다린다. 지루하다. 이런 낚시가 뭐가 좋다고 잠도 설친 채 오는 걸까? '아무튼 나는 낚시와는 인연이 없어.'라고 확신하고 있는데, 선장이 조류 따라 다른 곳으로 이동할 테니 또 낚싯줄을 거두란다. 그 순간이었다. 내 낚싯대가 팽팽해지는 것을 느꼈다. '또 줄이 바위에 걸린 건가?' 하면서 줄을 당겼다. 그러나 꿈쩍도 안 하는 게 아닌가. 더 힘껏 줄을 당겼다. 그런데 이게 웬일인가. 뭔가 시커먼 것이 바닷물에 어렴풋이 보이는 게 아닌가! 순간 "아, 나도 드디어 낚았다."고 소리쳤다. 그때 옆에 있던 사람 좋아 보이는 할아버지 선주(船主)가 "광어다. 큰 놈이야. 줄을 놓고 기다려요."하며 흥분한다. 선주는 본능적으로 '뜰채'를 가져다가 능숙한 솜씨로 광어를 건지려했다. 그런데 광어가 너무 무거운 나머지 '뜰채' 막대기가 뚝 부러지는 게 아닌가. 선주는 다시 한 번 시도한 후에야 겨우 선상으로 광어를 올렸다. 나는 그저 멍할 뿐인데, 선주는 홍보해야 한다면서 사진 찍기에 여념이 없다. 선주는 지금껏 가장 큰 광어 낚시라며, 연안부두 횟집에 가면 부르는 게 값이라고 마치 본인이 잡은 양

흥분했다.

　그제야 '내가 큰 놈을 낚긴 낚은 모양이네. 선장에게 한 농담이 정말 현실로 이루어졌구나.' 하면서 사진을 찍었다. 누군가가 그랬다. 낚시를 할 때 손끝에 느껴지는 그 '감'이 중요하고, 뭔가 느낌이 왔을 때 힘껏 줄을 당기면 곧 파닥거리는 새로운 세상과 만나게 된다고. 그런데 '손끝의 느낌이 짜릿한 것도 아니었는데 이렇게 큰 놈이 잡히다니…' 의아했다. 옹진군 자월도 앞이었고, 2006년 10월 21일 오전 10시쯤이었다. 내가 만난 그 놈은 66cm에 달하는 광어였다. 월척이란다. 직원들도 마치 본인이 낚시한 양 기념사진 찍기에 바빴다. 사진 찍는 의례가 끝난 후, 배에 동승한 아주머니가 회를 쳤다. 일행 30여 명이 먹기에 족한 분량이었다. 바다 위에서 직접 잡은 고기로 회를 먹는 맛은 그야말로 별미였다.

　나의 첫 바다낚시는 이렇게 바람 없는 맑은 가을 아래에서 뜻밖의 행운으로 끝났다. 지금도 인천 연안부두에 가면, 그때의 바다, 통통배, 마이크 잡고 호통을 치던 선장과 마음씨 좋던 선주, 그리고 아마 조선족이었던 아주머니가 생각난다. ♣

요로 결석, 작지만 큰 고통

자다가 화장실에 가는 버릇이 30년이 넘었다. 소변을 본 후 바로 잠에 들긴 하지만, 여간 귀찮은 일이 아니다. 10여 년 전 진찰을 받았는데, 의사는 병은 아니니 그러려니 하고 사는 수밖에 없다고 했다.

무더위가 조금씩 누그러지던 2009년 8월 말, 나는 여느 날과 마찬가지로 한밤에 소변을 본 후 누우려는데 허리와 옆구리가 아파오는 것이었다. 처음에는 심하지 않고, 그저 기분이 나쁠 정도였다. 하지만 시간이 지날수록 강도가 심해졌다. 통증이 점점 심해져 어느새 땀으로 속옷이 흠뻑 젖을 정도에 이르렀다.

시계를 보니 새벽 3시. 아이들은 모두 깊은 잠에 빠졌고, 집사람도 관절염 수술로 인해 일어나기가 불편한 상황이다. 이러다가 아무에게 말도 못하고 죽으면 어쩌지, 별의별 생각이 다 들었다. 그런데 놀랍게도 30분쯤 지나자 언제 아팠던가 싶을 정도로 멀쩡해졌다. 아침에도 아무 일 없었다는 듯이 운동도 하고 식사도 했다. 가족들도 전혀 눈치를 못 챘고, 나는 전날의 고통을 깡그리 잊고 일상생활로 돌아갔다.

그리고 5일째 되던 새벽. 소변을 본 후 돌아서는데 5일 전의 고통이 재발하는 게 아닌가. 그때서야 "아, 이건 디스크도 아니고 잠을 잘못 잔 것도 아닌 어떤 병이구나…"하는 생각이 들었다. 5일 전에 통증이 30분 만에 종료됐으니, 30분만 참으면 되겠지 했다. 하지만 30분이 지나고 또 한 시간이 흘러도 호전되기는커녕 통증이 더 심해졌다.

안되겠다 싶어 기다시피 하여 큰 아들을 깨웠다. 큰 아들은 사태의 심각성을 알아차리고 옷도 제대로 걸치지 않은 채 응급실로 차를 몰았다. 새벽 4시, 병원까지 가는 시간은 20분 남짓이었지만, 너무나 고통스러운 나머지 2시간도 더 걸린 것 같다. 뾰족한 송곳으로 끊임없이 옆구리를 찔러대고, 날카로운 칼로 허리를 자르는 것 같은 고통이었다. 다행히 경험 많은 의사가 몇 가지 동작을 시켜본 뒤 신장결석인 것 같다고 예진했다. 그때서야 나도 '아, 신장결석이구나.' 하는 생각이 떠올랐다. 그동안 신장결석으로 인한 통증에 대해 여러 번 들어보긴 했지만, 이 정도인줄은 몰랐다.

의사 이야기로는 결석이 신장(콩팥)에서 빠져나와 방광에 머물려있다는 것이었다. 크기도 5mm 밖에 안되기 때문에 물을 많이 먹고 운동으로 자연 배출시키는 방법이 가장 좋다고 했다. 신장결석의 고통이 산모의 해산과 비교해 적지 않다면서도 진통제 며칠 분을 처방하면서 참으란다. 그래도 참을 수 없으면 응급실로 다시 오란다.

의사의 말이 씨가 된 건지 나는 이틀 후 다시 응급실로 실려 갔다. 그 이틀 동안 의사가 시킨 대로 운동도 하고 물도 많이 먹었다. 사람이 목이 마르지 않은데도 불구하고 물을 계속 먹는다는 것은 또 다른 고통이었다. 그 고통 속에서 이미 약속 되어있던 친구들과의 모임도 지켰다. 언제 어떻게 또 통증이 닥칠지 몰라 약속을 피하고 싶었지만, 친구들은 신장결석에 맥주가 좋다며 나를 유혹했다. 결국 그날 꽤 많은 양의 맥주를 마셨고, 자정이 넘어 세 번째 통증이 온 것이다. 그러나 병원에서 진통제를 놓자 또 다시 언제 그랬냐는 듯 통증은 싹 사려졌다.

담당 의사는 다시 한 번 운동과 많은 양의 물을 마셔서 자연요법으로 배출하는 것이 좋으니 더 참아보자고 했다. 그러나 이틀을 더 견디다 도저히 안 돼 나는 결국 시술을 청했다. 더욱이 10분이면 끝나는 시술이라고 해서 나는 대수롭지 않게 생각했다. 그러나 전신마취 후 깨어나 보니 10분이면 끝난다던 수술이 약 50분이나 소요되었다. 이유를 물으니, 방광에서 요로로 흘러내려오는 구멍이 보통사람에 비해서 작았기 때문이란다. 덧붙이는 말이 내시경으로 방광도 살펴보고 콩팥도 뒤적거려봤기 때문에 앞으로 일주일간은 오줌에 피도 섞여 나오고 허리도 계속 아플지도 모른다는 것이었다. 정말 그랬다. 통증이 오는 바람에 혹시나 수술이 잘못되었나 하는 생각도 해보았지만, 이틀이 지나자 차츰 회복이 되었다.

의학적으로 요로결석은 소변의 농도가 너무 진해 덩어리진 것을 말한다. 소변에 칼슘, 요산 등이 과량 배출될 때 농도가 증가하면서 침전이 생겨 결석이 나타난다. 신장결석과 요로결석의 차이는 결석이 어디에 위치하느냐에 따라 결정된다. 신장에서 결석이 만들어져 소변을 타고 요관, 방광 등을 거칠 때 어느 곳에 걸리느냐에 따라 신장결석, 요관결석, 방광결석 등으로 나뉜다. 요로결석은 1년 내 15%가, 5년 내 50% 이상이 재발할 정도로 재발률이 높다. 따라서 항상 물을 많이 먹고 싱겁게 먹는 식습관을 갖도록 노력하는 것이 중요하다.

다리가 조금 아파도 달릴 수 있다. 하지만 조그마한 모래알이 신발이나 양말에 들어가면 제대로 달릴 수 없다. 5mm 결석이 그렇게 고통스러울 줄이야 어찌 알았겠는가. ♣

마지막 이사(移徙)이기를

이사한 지 일주일이 지났는데, 아직까지도 집안 여기저기 물건들이 잡다하게 흩어져 있어 발을 어디에 디뎌야 할지 모를 지경이다. 살다보니 이런저런 잡다한 물건이 많이 생겨서이기도 하지만, 구닥다리 물건이라도 손때가 묻은 것은 좀처럼 버리지 못하는 아내의 성격도 한 몫을 한다. 퇴근 후 내심 기대를 갖고 집에 들어서지만, 오늘도 아침에 출근할 때와 별반 달라진 게 없다. 그래서 아내에게 비용이 좀 들더라도 사람을 불러 빨리 집안을 정리하는 게 어떻겠느냐고 물었다. 하지만 아내는 시간이 걸리더라도 직접 정리하는 것이 좋다며, 불편해도 며칠만 더 참으란다. 일리가 없는 말은 아니지만 직장에 다니는 나로서는 불편할 수밖에 없다. 이삿

짐이 빨리 정리돼야 집으로 가는 발걸음이 가벼워질 텐데. 함께
이삿짐을 정리하면 빨리 끝나겠지만, 이런저런 약속으로 밤늦게
귀가하면 마음처럼 몸이 따라주질 않는다. 미안한 나는 오늘은 아
내가 버릴 것이라고 모아둔 헌책이며 헌 이불 등을 말없이 분리수
거함에 내다 버리고 온다.

옛날의 이사는 식구들이 직접 짐을 싸서 나르곤 했다. 그래서
한 번 이사하고 나면 몸살을 앓기 일쑤였다. 그러나 요즘의 이사
문화는 사뭇 달라졌다. 전문화된 이사대행 업체가 체계적으로 이
삿짐을 꾸리고 부리기 때문에 집주인은 별로 고민할 것이 없다.

이사 대행업체에 연락을 하면 업체에서 사전답사를 나와 짐은 얼마나 되는지, 이사할 집에는 어떻게 짐을 배치할 것인지 미리 계획을 세운다. 그리고 이삿짐의 규모에 따라 인부 수를 정하고 효율성을 고려해 남녀 배합까지 고려한다. 때로 집주인은 이사 대행업체로부터 이사에 거치적거리므로 자리를 비워주면 좋겠다는 애교 섞인 부탁을 받기도 한다. 이사 하나만 보더라도 세상이 참 많이 변했다는 것을 실감하게 된다.

옛날에는 이사 날짜를 정하는 것도 쉬운 일이 아니었다. 오늘날에도 손 없는 날이니, 윤달에 이사를 해야 탈이 없다느니 하면서 이사 날짜에 신경을 쓰는 사람이 있긴 하지만, 대부분 이사 가는 사람의 형편에 맞추어 날짜를 잡는다.

맹모삼천지교(孟母三遷之敎)란 말이 있다. 맹자의 어머니가 자식의 교육을 위해 세 번 이사를 했다는 고사성어이다. 맹자가 처음 살았던 곳은 공동묘지 근처였는데, 맹자가 자꾸 곡(哭)을 하는 등 장사지내는 놀이를 하더라는 것이다. 이 모습을 본 맹자의 어머니는 안 되겠다 싶어 시장 근처로 이사를 했는데, 이번에는 장사꾼 흉내를 내면서 놀더라는 것이다. 이곳도 아니구나 싶어 세 번째는 글방 근처로 이사를 하였더니 이번에는 맹자가 예법에 대해 배우면서 놀더라는 것이다. 맹자 어머니는 이곳이야말로 아들과 함께 살 만한 곳이구나 하고 그곳에 머물러 살았다고 한다. 맹자 어머니의 이런 노력 덕분에 맹자 같은 훌륭한 위인이 탄생했다는, 환경의 중요함을 가르치는 교훈이다.

나는 결혼생활 30여 년간 이사를 세 번이 아닌 열다섯 번이나 했다. 평균 2년에 한 번 꼴로 이사를 한 셈이다. 신혼 때는 1년이 채 되기 전에 이사를 한 적도 있다. 맹모삼천지교와 같은 고상한 철학에 따라 이사를 한 것은 물론 아니다. 그저 형편에 따라 월세에서 전세로, 작은 전셋집에서 큰 전셋집으로, 그리고 내 집에 대한 꿈을 안고 빚을 얻어 작지만 연탄 아파트로 이사를 했다. 그렇게 잦은 이사 끝에 처음 내 집을 가졌을 때의 기쁨은 이루 말할 수 없었다. 사람의 욕심은 끝이 없어, 내 집을 가진 후로는 더 큰 평수를 향해 이사를 다녔다. 그런데도 지금 남은 것은 대출 낀 아파트 한 채뿐이다. 되돌아보면 딴은 성실하게 직장생활을 한 것 같은데 아직 은행 신세를 못 벗어났으니 조금은 서글퍼지기도 한다.

이삿짐이 다 정리되려면 얼마나 더 기다려야 할지 모르겠다. 그러나 이번만은 꾹 참고 아내가 하고 싶은 대로 기다려보련다. 짐 정리를 천천히 하면 어떤가. 이사로 인해 매번 겪는 몸살도 이번만은 피하고 싶다. 더 나아가 이번 이사가 내 생애 마지막 이사이기를 바란다. ♣

국기에 대한 맹세

우리나라에는 유독 매봉이라는 산 이름이 많다. 每峯(강원도 영월 소재 외)이란 한자를 쓰는 지명도 있고, 梅峰(충북 청원 소재 외)이라고 사용하는 경우도 있다. 서울 지하철 3호선 강남세브란스병원 인근에도 매봉역이란 역이 있는데, 이 역의 이름은 인근 매봉산(梅峰山)에서 유래한다. 해발 100m 안팎의 높지 않은 산이다.

이 산은 아파트 밀집지역에서 묵묵히 허파 노릇을 하며, 인근의 도곡동, 역삼동, 대치동, 서초동 주민들로부터 많은 사랑을 받고 있다. 이 동네에 사는지라 나도 자주 이 산을 오른다. 나는 주로 이른 아침 시간에 찾는데, 세수도 하지 않은 채 가벼운 옷차림일 때가 대부분이다. 그새 하산하는 사람도 있다. 손을 꼭 잡고 내려오는 아름다운 노부부의 모습도 보인다. 자주 마주치는 사람들은 서로 반겨주며 인사도 나눈다.

반겨주는 이는 비단 사람만이 아니다. 새들도 반긴다. 새들 중에서도 인사성이 밝은 새는 단연 까치다. 매번 그 까치인지는 몰라도 언제나 까아까아 하며 나를 반겨준다. 참새들도 까치에 뒤질세라 재잘거리며 인사를 건넨다. 이들 말고도 이름 모를 새들이 아침마다 인사를 한다. 물론 나도 기꺼이 화답을 한다. 새들만 인사하는 것이 아니라 풀이며 나무들도 밤새 잘 잤느냐며 안부를 물어온다. 아침 햇살을 받으며 반짝이는 모습이 영락없다. 그 중 산딸기나무의 향기는 유난히 등산객들을 유혹한다.

동물들도 반겨준다. 매봉산의 명물은 토끼이다. 구청에서 방사했는지 언제부터인가 귀를 쫑긋 세운 토끼가 아침마다 풀을 뜯고 있다. 등산객들을 봐도 달아나지 않는다. 흰 토끼, 회색 토끼, 누런 토끼, 까만 토끼 등 색깔도 다양하다. 입을 오물거리며 사색하는 듯한 토끼도 보인다.

정상을 향해 어떤 이는 뛰고, 어떤 이는 힘이 드는지 쉬엄쉬엄 오른다. 언젠가는 환자복을 입은 채 산책하는 사람을 본 적도 있다. 어떻게 오르든, 어떤 모습으로 오르든 건강한 삶을 위한 저마다의 노력일 것이다. 그래서인지, 요즘은 청년 같은 노인이 부쩍 많다고 한다.

그리 높지는 않지만 정상 언저리에 가면 이마에서 송골송골 땀이 배어난다. 몸도 마음도 한껏 가벼워지는 순간이다. 코끝에서는 산 내음이 물씬하다. 푸른 숲 향을 맡으며 사람들은 스트레칭을 하거나, 체육시설을 이용해 운동을 한다. 벤치에 앉아 수다를 즐기는 사람들도 보인다. 그리고 이곳에서는 다른 곳과 달리 매일 정해진 시간에 인도자의 구령에 맞춰 국민보건체조도 실시한다. 체조에 앞서 국기에 대한 맹세도 복창한다. 대부분 백발이 성성한 할아버지 할머니들이다. 이 시간만큼은 나 자신도 숙연해진다.

오르고 내리는 데 한 시간이면 족한 매봉산이지만, 이른 아침부터 열심히 살아가는 이웃들의 모습 속에서, 그리고 아침마다 국기에 대한 맹세를 하는 숙연함 속에서 우리의 밝은 미래가 보인다. ♣

억수로 재수 좋은 날

"김 첨지는 아내의 병이 위중해도 약값은커녕 끼니조차 잇기 힘든 가난한 인력거꾼이다. 비가 추적추적 내리는 어느 겨울날, 오늘만은 나가지 말라는 아픈 아내의 청을 뿌리치고 김 첨지는 기어이 일을 나간다. 하지만, 전에 없이 손님이 몰려들고, 삯도 후하게 받는다. 기분이 좋은 김 첨지는 일을 마친 후 선술집에서 술을 한 잔 하고, 불콰해진 얼굴로 아내가 평소 먹고 싶어 하던 설렁탕 한 그릇을 사들고 귀가한다. 그런데 웬일인지 아내의 기침소리가 들리지 않는다. 방에 들어서자, 아내는 이미 이 세상 사람이 아니었고, 젖먹이 혼자 아내의 빈 젖꼭지를 빨고 있다."

위 소설은 1920년대 하층 노동자의 생활상을 사실적으로 그린
현진건의 대표작으로, 제목은 '운수 좋은 날' 이지만, 실은 '재수
없는 날' 이다.

살다보면 소설 속의 김 첨지처럼 불행이 한꺼번에 몰려드는 날
이 있다. 어느 날이었다. 운동을 하다가 이상하다 싶어 안경을 보
니 코받침이 떨어진 게 아닌가. 안경을 써 본 사람은 알겠지만 코
받침이 없으면 여간 불편한 게 아니다. 사무실이나 집에서 당한
일이라면 예비 안경으로 대체할 수도 있으련만, 야외에서는 뾰족

한 대책이 없었다. 하지만 전화위복이라 했던가. 덕분에 시력도 다시 체크하고 안경도 새로 장만했다. 안경을 주문하고 찾기까지 얼마간은 불편했지만, 결과적으로 울고 싶을 때 뺨맞은 꼴이어서 억수로 재수 없는 날은 아니었다. 일이 거기서 끝났다면 말이다.

요즘은 휴대전화 없이 살아가기가 힘든 시대가 됐다. 초등학생부터 노인에 이르기까지 나이를 불문하고 휴대전화가 생활필수품이 된 지 오래다. 나부터도 한 시간만이라도 그것이 없으면 불안하기까지 하다. 안경 코받침이 떨어져 나가던 그날, 횡단보도에서 신호등이 바뀔 새라 빠르게 뛰어가다 그만 와이셔츠 주머니에 넣어둔 휴대폰을 차도 위에 떨어뜨리고 말았다. 뒤 이어 신호는 적색으로 바뀌고, 자동차가 내 휴대전화를 유유히 깔고 지나가는 게 아닌가. 그 순간 나는 휴대전화를 구해야겠다(?)는 절박함에 달리는 차에 손을 넣을 뻔했다. 그때의 아찔한 심정이라니. 당연히 휴대전화는 박살이 났다. 이렇게 그날 하루동안 안 좋은 일이 겹쳤지만, 큰 돈 들이지 않고 이전 것보다 글씨체도 크고 사용하기에 편한 새 휴대전화를 구입했고, 새 안경을 구입했으니, 이게 전화위복이 아니고 무엇이겠는가.

건강할 때는 건강의 중요성을 모르듯이 하찮아 보이는 안경이나 휴대전화도 마찬가지인 것 같다. 특히 휴대전화를 줍기 위해 달리는 자동차 밑에 손을 넣었다면 어떤 사태가 벌어졌을지 생각하면 지금도 등골이 송연하다. 그러니 그날은 재수 없는 날이 아니라 확실히 운수 좋은 날이었다. ♣

고소공포증과 폐쇄공포증

1988년 서울 올림픽을 전후하여 우리나라도 해외여행이 자유화되었다. 그 즈음 나는 난생 처음 서유럽을 여행할 기회가 생겼다. 끝없는 평원과 아름다운 풍경, 책이나 TV을 통해서만 알던 건축물, 회화, 조각 등이 내 눈앞에 실제로 펼쳐졌을 때의 그 감동이라니!

영국 런던과 프랑스 파리의 유명 관광지는 주마간산으로 돌아보고, 드디어 알프스 산맥의 최고봉인 높이 4,810m의 몽블랑을 케이블카를 타고 올라가는 날이었다. 정상 쪽을 올려다보니 만년설이 햇빛에 반사되어 장엄하게 비쳤다. 알다시피 이곳은 사시사철 세계 각국에서 온 관광객으로 붐비는 곳이었다. 우리 일행도

다른 나라의 관광객에 섞여 함께 케이블카에 올랐다. 그런데 케이블카에서 아래를 내려다보니 갑자기 현기증이 일며 핑 도는 게 아닌가.

'내가 왜 이러지? 컨디션이 안 좋은가?' 하는 생각과 동시에 나도 모르게 "아...." 하는 비명소리와 함께 케이블카 바닥에 주저앉고 말았다. 그러고도 무서워 나는 모르는 사람의 다리를 꽉 붙들었다. 순식간에 일어난 일이었다. 정상까지 어떻게 올라갔는지 모를 정도였다.

소위 '고소공포증' 이라는 것이었다. 그 사건이 있기까지 내게 그 증세가 있는지 전혀 몰랐다. 그러나 일행은 내가 재미있으라고

생각의 여적

163

일부로 한 행동으로 오해한 모양이다. 케이블카에 타고 있던 다른 나라 사람들에게 코리아를 각인시킨 것일 수도 있다며 자위해 보곤 하지만, 그때를 생각하면 지금도 얼굴이 화끈거린다.

고소공포증은 특별한 경우를 제외하곤 평상시 일상생활에 지장이 없기 때문에 잘 인식하지 못한다. 그런데 10여 년 전 호주에 출장을 갔다가 그 증세를 다시 실감한 적이 있다. 멜버른 인근의 그레이트 오션(The Great Ocean)은 해변과 절벽이 아름답기로 유명하다. 그 중에서도 단연 으뜸은 12사도라 불리는 바다 속에 솟은 바위를 보는 것이다. 12사도 바위는 절벽 쪽에서도 아래로 볼 수 있지만, 제대로 보기 위해서는 헬리콥터를 이용하여 바다 쪽에서 보는 것이다.

일행이 헬리콥터 이착륙장에 도착하자, 안내요원이 일단 한 사람만 먼저 타라고 했다. 제일 연장자인 나는 그 유명하다는 12사도를 볼 욕심으로 아무 생각 없이 기장 옆 자리에 앉았다. 4인승 헬리콥터의 뒷좌석에는 노인 부부가 타고 계셨다. 헬리콥터가 기분 좋게 하늘로 솟아올랐다. 기분이 좋았다. 하지만 좋은 기분은 아주 잠시뿐. 나는 두려움에 눈을 꼭 감고, 기장의 한쪽 다리를 꽉 움켜잡는 코미디를 연출하고 말았다. 고소공포증이 있다는 사실을 깜박한 것이다. 헬리콥터가 좌우로 움직일 때마다 금방이라도 바다로 떨어질 것 같아 거의 초주검이 되었다. 기장과 뒷좌석에 있는 노부부는 공포감으로 어찌 할 바를 모르는 내 모습이 12사도를 구경하는 것보다 더 재미있는 모양이었다. 비행시간은 10여 분에 불과했지만, 헬리콥터가 착륙한 후에도 나는 한참동안 힘겨워했다.

내게 고소공포증뿐 아니라 폐쇄공포증까지 있다는 사실도 뒤늦게 알았다. 국내 병원에 MRI검사기가 막 도입하기 시작할 즈음이었다. 아마 허리통증으로 병원에 간 것 같은데, MRI검사를 받아보라는 것이다. 간호사의 지시에 따라 MRI기계에 누웠다. 침대가 이동하더니 상반신이 밀폐 공간에 멈추는 순간, 가슴이 답답하고 꼭 죽을 것만 같았다. 검사를 받는 30여 분 동안 나는 지옥에 온 듯한 공포에 떨면서 "주여, 제발 아무 탈 없게 하여 주시옵소서. 빨리 검사가 끝나게 하여 주시옵소서"라고 기도를 드렸다. 그 뒤론 MRI검사 처방이 떨어져도 웬만하면 CT로 검사하길 부탁한다.

또 한 번은 베트남에서 땅굴을 견학할 때였다. 이미 폐쇄공포증을 경험한 바 있는 나는 그곳에 들어가는 게 망설여졌다. 그러나 가이드가 견학 코스 땅굴은 30m정도로 짧다는 말에 용기를 냈다. 땅굴은 어른들이 허리를 구부려야 겨우 들어갈 수 있는 좁은 공간이었다. 자신감도 잠시. 내 앞뒤로 일행이 있는데도 금방 땅굴이 무너질 것 같은 공포감이 엄습해왔다. 보통 사람들은 상상하기 쉽지 않는 증상이다. 나는 땅굴에서 나와 한참이나 심호흡을 해야 했다.

어릴 땐 높은 나무에 겁 없이 곧잘 올라갔으며, 군 생활에서 10m 하강 훈련도 큰 어려움 없이 잘 소화했던 나였는데, 그런 증세가 언제, 왜 생겼는지 모르겠다.

　그런데 이렇게 생긴 공포증도 몸의 컨디션 상황에 따라 변하기도 하는가 보다. 최근 남미 페루의 나스카 지상화(Nasca Line)를 볼 기회가 있었다. 그런데 거미 모양, 원숭이 모양, 손 모양, 나무 모양 등의 풀리지 않는 수수께끼를 보기 위해서는 12인승 경비행기를 타야만 한다는 것이었다. 고소공포증이 있는 나로선 타야 하나 말아야 하나 갈등이 생겼다. '어렵게 온 남미인데 무섭다고 안 보고 갈 수는 없겠지?' 나는 아내의 만류에도 불구하고 각오를 단단히 하고 경비행기에 탑승했다. 그런데 어찌 된 일인지, 그때는 아무렇지도 않아, 오히려 당황스러웠던 기억이 난다. 나의 폐쇄공포증에 변화가 생긴 것일까? ♣

각당 선생님을 그리며

각당 라익진 선생님께서 작고하신 지 벌써 20년이 되었다. 각당 선생님을 처음 뵌 것은 대략 25년 전이다. 그러니 각당 선생님을 생전에 알고 지낸 기간은 5년 남짓에 불과하다. 하지만 박사님께서는 그 짧은 기간에 내게 워낙 강한 이미지를 남기고 떠나셨다. 내 기억 속에 선생님은 Sharp하고 Strict하고 Smile한 3S의 모습으로 각인되어 있다.

첫째는 나의 공인회계사 시절로 거슬러 올라간다. 대학을 졸업하고 공인회계사로 근무한지 얼마 되지 않던 어느 날, 모교의 외부감사팀으로 업무를 배정받았다. 그리고 모교의 수익사업체

감사를 마치고, 몇 분께 결과를 브리핑하게 되었는데, 그 자리에서 즉각 상황분석을 하며 강한 어조로 시정지시를 내리는 분이 있었다. 누군지 참 예리하다 싶었다. 그분이 바로 당시 모교의 비상임감사로 봉사하시던 각당 라익진 박사님이셨다. 그 후로 줄곧 내게 각당 선생님은 예리함(Sharp) 그 자체로 기억되고 있다.

둘째는 모교 감사에 참여한 것이 계기가 되어 근무지를 모교 재단으로 옮기고 나서였다. 업무상 감사(監事)로 계신 각당 선생님을 뵐 기회가 종종 있었지만, 쉽게 접근하기에 지나치게 엄격한 분이셨다. 대학 관계자 그 누구라도 선생님을 어려워했다. 감사라는 직분도 엄격한 인상의 한 이유가 되었을 것이다. 선생님께서는 공식 석상에서 말씀을 많이 하지 않으셨지만 한마디라도 하시게 되는 경우에는 그 카랑카랑한 목소리에 좌중 모두 긴장하지 않을 수 없었다. 대학이라는 곳이 논의는 많아도 행동으로 실행하기가 쉽지 않은데도 각당 선생님의 말씀은 이행하지 않을 수밖에 없게 만드는 카리스마가 있었다. 각당 선생님은 그만큼 단호(Strict)했다.

세 번째로는 선생님의 참모습이다. 냉철한 분석력과 엄한 표정 뒤에 숨은 인자함과 부드러움은 선생님을 가까이 해보지 않고는 잘 모른다. 선생님께서는 일찍이 부인 김옥라 여사와 함께 사회복지법인 한국자원봉사능력개발연구회(현 각당복지재단의 전신)를 설립하기 위해 사재를 출연하고 고문으로 계셨다. 나는 그 사회복지법인의 감사로 25년간 봉사하다가 최근 이사로 봉사하게 되었는데, 회의 때마다 선생님은 온화한 미소와 표정을 잃지 않으셨다. 엄격한 모습 뒤에 그런 온화한 미소(Smile)가 있을 줄은 나로서도 상상하지 못했다.

3S의 각당 선생님께서 가신 지 벌써 20주년이 되었다. 타계하시기 얼마 전 이런저런 회의 중간에 간혹 눈을 감고 조는 듯한 모습을 몇 번 본 기억이 있는데, 그것이 실은 간이 안 좋고, 피곤함 때문이었다는 것을 그때는 몰랐다. 알았더라면 좀 더 살펴드렸을 텐데, 하는 아쉬움이 남는다.

각당 선생님, 언젠가 생전에 그렇게 사랑하시던 사모님과 함께 다녀오곤 가 뵙지 못했습니다. 올 가을쯤 팔당으로 다시 찾아 뵙겠습니다. 어쩌면 박사님은 저를 알아볼 수 없을지도 모르겠습니다. 왜냐하면 저도 어느새 반백이 되었거든요. ♣

슬픔 없는 이별이 있으랴

올 한 해를 시작한 지 엊그제 같은데 벌써 4월도 거의 지나가고, 캠퍼스 곳곳에는 어느덧 목련, 개나리, 진달래, 벚꽃 등이 만개하여 절정을 이루고 있다. 그런 캠퍼스를 무심코 거닐다 보면 마치 무릉도원을 걷는 듯한 착각이 들기도 한다. 그러나 문필 능력이 없는 나로선 이 느낌을 표현할 길이 없으니 아쉽기만 하다. 또 하루하루는 왜 이리 빨리 흐르는지, 아니면 게을러서인지 여간해서 책 한 권 읽기가 쉽지 않다. 그러다 우연히 비슷한 종류의 책 두 권을 잡았는데, 뜻밖에 큰 감동을 받았다.

이 책들은 유명 작가가 쓴 것도 아니고 베스트셀러도 아니다.

첫 번째 책은 세브란스병원의 가정 간호와 호스피스실의 취재기를 담은 「가슴에 품은 생명의 노래」라는 책으로 세브란스병원에 입원한 암 환자들과 보호자, 그리고 이들을 보살피는 간호사들의 이야기를 담고 있다. 정든 가족과 이별을 준비해야만 하는 호스피스 병동의 환자와 가족 등 보호자의 이야기는 하나같이 눈물 없이는 읽기 어려운 사연들이었다. 특히 직장암으로 세상을 떠나는 남편이 편히 갈 수 있도록 씩씩한 모습을 보여주려 애쓰는 부인의 모습, 20살도 안된 어린 여동생을 떠나보내며 '함께 할 수 있는 시간을 허락해줘 고맙다' 고 마지막 인사를 건네는 언니의 모습은 책을 내려놓은 후에도 한참이나 잔상이 사라지지 않았다.

또 다른 책은 「슬픔 없는 이별이 어디 있으랴!」이다. 이 책은 연세장례식장에서 장례를 치른 유가족들과 장례식장 직원들의 수기를 공모를 통해 엮은 책이다. 돌아가신 아버님의 15주기를 회상하며 그리운 마음을 담은 나의 졸필도 실려 있다. 이 책에는 '죽음' 으로 고인과 헤어져야만 하는 유가족들의 애절한 심정이나 가까이 있을 때 미처 표현하지 못한 진솔한 이야기들이 실려 있다. 이 책에 보면, 유족들이 고인을 떠나보내며 제일 많이 토해내는 말은 '사랑해' 이다. 그들은 자신들처럼 뒤늦게 후회하지 않으려면 늦기 전에 가족들에게 이 말을 자주 하라고 독자들에게 전한다.

이 두 권의 책은 모두 투병생활이나 죽음으로 이별하는 과정에서 드러나는 애끊는 사랑과 아픔을 다루고 있어 사연 하나하나를 읽을 때마다 눈물이 난다. 아마도 책속에 등장하는 주인공들이 특별한 사람이 아니라 나와 같이 평범하게 살아가는 사람들이기에 더욱 공감이 가는지도 모르겠다.

나는 업무상 연세장례식장을 자주 방문하는 편이다. 로비에 들어서면 안내 전광판에 나타나는 고인들의 사진을 보게 되는데, 어르신부터 젊은 청년, 어떤 날엔 어린 아이의 모습도 보게 된다. 고인들의 사진을 보고 있노라면, 지금껏 내가 사랑한 사람들, 또 나를 사랑해준 내 주변의 사람들을 떠올리게 된다. 우리는 주위의 많은 사람들에게 알게 모르게 많은 사랑의 빚을 지고 살아간다. 그 사랑의 빚이 얼마나 큰가를 깨닫게 될 때 우리는 감동하고, 그분이 세상을 떠났을 때 한없이 슬퍼하는 것이다.

이 두 권의 책은 내게 주위를 돌아 볼 수 있는 마음의 여유를 가져다주었다. 짧더라도 진정한 사랑을 담은 격려와 관심, 그리고 사랑은 한 사람의 인생을 통째로 바꾸어 놓을 수 있다는 사실을 새삼 깨닫는다. 슬픔 없는 이별이 없기에 사는 동안 '사랑하며 살도록' 오늘도 마음을 다잡아본다. ♣

갈수록 태산

몇 년 전부터 중국 산둥(山東)반도의 태산에 올라가 보고 싶었다. 그러나 번번이 최소 인원이 채워지지 않아 못가다가, 올 여름 드디어 떠나게 되었다.

예약을 하고, 초등학생이 소풍날 기다리듯 나는 태산 갈 날만을 태산같이 기다렸다. 드디어 비행기로 1시간 40분을 날아 위도(緯度)가 서울과 비슷한 산둥성의 성도인 제남(濟南) 공항에 도착했다. 입국 수속을 마치고 나오니 이마엔 땀방울이 맺힌다. 일행들은 다들 '더운 날씨에 생고생하게 생겼네' 라는 표정들이다. 버스에 오르자, 조선족 가이드는 의례적인 인사말을 한 뒤 제남의 역사에 대해 설명하기 시작한다.

"이곳 제남이란 곳은 제수(濟水)강의 남쪽이라는 뜻에서 유래된 말로, 춘추전국시대엔 제(齊)나라에 속했던 땅입니다. 그런데 "제남의 제(濟)와 제나라의 제(齊)라는 글자가 다릅니다."

'그랬나?'

같은 글자로 생각했던 나는 권투에서 가벼운 잽을 맞은 기분이었다. 우리는 일정에 따라 항하 하류와 제남시의 중앙에 있는 천성광장을 둘러보았다. 제남은 상하이(上海)나 충칭(重慶)처럼 중국 중에서도 대표적인 '불가마 솥' 지역인데다, 관광 시간이 하루 중 기온이 가장 높은 때라 다들 지쳐 보였다. 나 역시 관광이고 뭐고 빨리 호텔로 들어가 쉬고 싶은 마음뿐이었다. 그렇게 힘든 첫날을 보내고, 다음 날 치박(淄博)이라는 도시로 이동했다. 전날과 달리 구름이 끼어 더위는 한결 누그러졌다. 버스 안에서는 가이드의 박력 있고 해박한 해설이 이어진다.

"곧은 바늘로 세월을 낚았다는 강태공이 이곳 산둥 출신이며, 강태공이 주(周)나라 무왕을 도와 은(殷)나라를 멸망시킨 후 제나라 초대 제후가 되었습니다."

"혹시 '장사하는 사람'이란 뜻의 '상인(商人)'의 어원을 아시는 선생님 있나요? 선물 하나 드리겠습니다."

가이드는 질문 하나를 던져놓고 주위를 둘러본다. 아무도 손을 드는 사람이 없다. 나도 그 어원에 대해 생각해본 적이 없었다. '상인이라는 말도 유래가 있었나?' 경영분야에서 평생 일해 온 내가 그 평범한 단어에 대해 모른다고 생각하니 낯이 뜨거웠다.

다들 머쓱해하고 있는데, 가이드의 설명이 이어진다.

"원래 하나라를 무너뜨리고 세운 나라가 기원전 17세기에서 기원전 11세기까지 이어진 상(商)나라입니다. 그 후 은허로 수도를 옮긴 이후에 은(殷)이라고도 불렀는데, 은허의 유적 발굴을 통해 실재했음이 밝혀졌지요. 그런데 주나라에 의해 상나라가 망하자, 상나라 유민들은 천하를 떠돌면서 장사를 했고, 결국 상나라 사람이란 뜻의 상인이라는 말이 생겨나게 된 거죠."

가이드의 설명을 들으며, 우리 일행은 춘추전국시대부터 지금까지 2,500년간이나 끊이지 않고 솟는 수많은 샘물로 유명한 치박시로 갔다. 얼마나 샘이 많고 수량이 많은지 그 물로 '대명호' 라는 아름다운 호수를 만들어 시민들의 휴식처로 사용할 정도이다. 그 중에서도 표돌천이 대표적인데, 수정같이 맑고 물맛이 시원해 '마르코 폴로' 가 '천하 제1의 샘' 이라고 불렀다고 한다. 그런데 지금은 샘물 속에 비단 금붕어를 기르고 있어 식수로는 불가능하단다.

아쉬움을 안고 강태공 사당으로 발걸음을 옮겼다. 그간 유독 말이 없던 일행 한 분이 갑자기 분주하게 카메라 셔터를 눌려댄다. 알고 보니 성(性)이 구(丘)씨로 강태공의 삼남이 자신의 시조라는 것이다. 아니나 다를까. 사당 뒤에는 우리나라 구씨 종친회에서 설치한 육중한 표지석이 서있다.

"제 이번 여행의 목적은 달성했습니다. 사실 저는 이걸 보러 왔거든요."

사당을 나서는 구 선생은 감격스런 표정이다.

"좋으시겠습니다. 중국에는 몇 번이나 오셨나요?"

"처음 왔습니다."

"그래요? 대단하십니다. 여기 말고도 갈 곳이 많은데도 오셨으니 말입니다."

"집에는 '출장간다' 하고 몰래 왔습니다."

구 씨의 짐은 가벼운 배낭 하나뿐이었다. 4대 종손이라는 50대 구 씨는, 그동안 제사나 족보에 별 관심 없이 살았단다. 그런데 어느 날 문득, 자신의 뿌리가 궁금해지더란다. 하여 인터넷을 뒤적이다가 자신의 뿌리가 이곳이라는 것을 알고 확인 차 왔다는 것이다.

'하긴, 시대가 아무리 변해도 나이가 들면 새가 둥지를 찾아가듯 자신의 뿌리를 찾고 싶은 게 본성이지.' 나는 그의 말에 크게 공감이 되었다.

드디어 태산을 오르는 날. 태산을 향해 달리는 차창 너머로 끝없는 산둥 평원이 펼쳐진다. 산둥은 중국에서도 대표적인 인구 밀집 지역이다. 태산을 감싸고 있는 태안시(泰安市)의 인구도 500만이라고 한다. 산둥성이 한 나라라면 인구 1억으로 세계에서 12~13위쯤 되는 규모이다. 태산에 올라가기 전에 대묘(岱廟)를 찾았다. 대묘는 태산에 오르기 전에 황제들이 봉선(封禪)이라는 의식을 올렸던 곳이다. 봉이란 천신(天神)에게 비는 일이었고, 선이란 지신(地神)에게 비는 일이었다. 진나라 시황제를 시작으로 한나라 무제는 5번, 청나라 건륭제는 11번이나 봉선의식을 행했다고 한다. 대묘의 본당인 천황전(天皇殿)은 규모가 웅장하다. 그래서 베이징 자금성의 본당인 태화전(太和殿)과 공자의 사당인 곡부의 대성전(大成殿)과 함께 중국 3대 전각으로 불린다.

태산 아래는 케이블카를 타기 위해 기다리는 사람들로 시장처럼 와자지껄하다. 날씨도 좋다. 요행히 한 케이블카에 탄 사람이 모두 우리 일행이다. 누군가 양사언의 태산가를 읊으니 약속이나 한 듯 모두 따라 흥얼거린다.

"태산이 높다하되 하늘아래 뫼이로다. 오르고 또 오르면 못 오를리 없건마는 사람은 제 아니 오르고 뫼만 높다 하더라."

케이블카에서 내리니 바로 눈앞이 정상이다. 태산은 악산이라 바위가 많다. 중국의 오악 중에서도 태산은 최고의 산으로 꼽힌다. 내려다보니 태안시가 한 눈에 들어온다. 산세가 우리나라 여느 산과 비슷하다. 특히 내려다보이는 능선이 아름답다. 그래서 역대 황제는 권력을 기원하고, 두보나 이태백 같은 시인은 신선을 만나러 이곳에 왔을 것이다. 권력도 시상(詩想)도 없는 나는 태산에 올라왔음을 증명할 사진 몇 장만 찍는다. 사실, 태산이라고 하면 엄청 높을 것으로 생각하지만, 기껏 1,545미터에 불과하다. 우리나라의 오대산 정도이다. 산둥 지방이라는 평원지대에 우뚝 솟아있어 생각보다 높게 보이고, 또 그리들 생각하는 것 같다.

정상을 자세히 보니 바위마다 수많은 권세가와 묵객들의 글귀가 빽빽이 새겨져 있다. 이제는 더 쓸 바위도 공간도 없다. 다소 혼란스럽다. '1987년에 세계자연문화유산으로 지정되었으니 이제는 더 이상 훼손되지 않아야 할 텐데…' 라는 부질없는 걱정을 하다가 문득 태산은 태산(太山)이 아니라 태산(泰山)이라는 사실에 놀랐다. 갈수록 태산이라는 말이 제대로 실감나는 여행이었다. ♣

가벼운 사색

봄의 물은 사방의 못을 가득 채우고
여름의 구름은 봉우리마다 걸려있네.
가을 달은 밝은 빛을 한껏 드높이는데
겨울 고개 위엔 외로운 소나무 빼어나구나.

-도연명-

01_ 작고도 강한 코리아

02_ 음력 생일과 기일

03_ 소음은 괴로워

04_ 등산의 즐거움

05_ 축구와 경영

06_ 회의는 짧게, 문서는 간결하게

07_ 21세기는 여성의 시대

08_ 오해없는 쉬운 어휘를 사용하자

09_ 성실한 납세자가 존경받는 사회를

10_ 일하지 않는 자는 먹지도 마라

11_ 북촌(北村), 현실과 상상의 해후

12_ 아프리카 희망봉에서

작고도 강한 코리아

세계지도를 펴놓고 보면 우리나라는 동북아시아에 속하는 조그만 반도 국가임을 알 수 있다. 북으로는 중국 만주, 동으로는 동해와 일본, 서로는 황해와 중국 본토 그리고 남으로는 태평양으로 연결된다. 3면이 바다로 둘러싸여 있어 언제든 바다로 나갈 수 있고, 통일이 되면 대륙으로도 뻗어나갈 수 있는 천혜의 입지 조건을 갖추고 있다.

구체적으로 보면 동쪽 끝은 독도이고, 서쪽 끝은 북한의 신의주 부근의 마안도이며, 남쪽 끝은 제주도 밑에 있는 마라도이고, 북쪽 끝은 러시아 접경 지역인 함북 온성군 남양면이다. 동서 경도의 폭은 약 7°~8°이며, 남북 위도는 약 10°의 영역 안에 위치하고 있다. 위도 38°전후의 온대지방에 위치해 사계절이 뚜렷하다. 특이한 것은 땅 모양이 호랑이가 앞발을 들고 대륙을 향해 포효하는 듯한 모습이란 점이다.

　지도상으로 보면 거대한 중국의 한 쪽 귀퉁이에 조그맣게 붙어 있는 것이 우리나라이다. 반면 중국은 어마어마한 면적의 국토를 갖고 있다. 우리나라의 몇 배나 되는 내몽고, 티베트, 위그루 지역까지 아우르는 중국은 현재 유사 이래 가장 큰 땅 덩어리를 가지고 있다. 면적으로 환산하면 남한의 100배 정도 크기다. 인구도 13억이 넘어 세계 인구 4명 중 1명이 중국인이다. 1인당 국민소득은 약 6천불 밖에 되지 않지만, 국내총생산(GDP)을 따져보면 약 8조억 달러로 미국 다음가는 세계 제2의 경제대국이다. 더구나 이전에는 외양만 봐도 누가 일본인이고 중국인지 알 수 있었는데, 2008년 베이징 올림픽의 영향인지, 중국인들도 나날이 세련되어지고 있다. 거리도 많이 깨끗해졌다. 그만큼 중국은 나날이 국력이 강해지고, 국민들도 발전해 가고 있다.

　그런 거대한 중국 옆에서도 주눅 들지 않고 언제나 당당한 내 조국이 새삼 자랑스럽다. 역사적으로 보면 우리는 중국으로부터 수많은 침략을 받았다. 중국 한(漢)나라 무제의 침략으로 고조선은 4군을 설치했다. 수(隋)나라는 문제와 양제 때 고구려를 침공했다가 을지문덕 장군에게 패해 오히려 망하는 계기가 되기도 했다. 당나라 태종도 두 차례나 고구려를 침략했다. 고려시대에는 당시 세계 제일의 거대 제국 몽골에 점령당하는 치욕을 겪었고,

조선 인조 때는 청나라에 유린당해 삼전도(三田渡)의 굴욕을 겪기도 했다.

그렇지만 우리는 중국의 다른 변방과는 달리 외침(外侵)을 잘 막아냈고, 오늘날도 독립국가로 당당하게 존재하고 있다. 특히 우리나라는 중국 옆에 위치해 있는 다른 지역과는 달리 한 번도 중국이라고 표기된 적이 없는 나라이다. 비록 현재 남북한이 분열되어 있는 세계 유일의 분단국가이긴 하지만, 문맹률이 1% 이하인 세계 유일의 나라다. 한민족의 우수성은 평균 IQ 순위에서 유대민족과 1, 2위를 다투고 있는 데서도 잘 알 수 있다.

생존을 걱정해야만 했던 보릿고개가 엊그제 같은데, 오늘날 한국의 위상은 유사 이래 최고인 것 같다. 세계가 알아주는 작지만 강한 나라가 된 것이다. 인구 5천만에 불과한 동방의 조그만 나라가 세계에서 1위를 하고 있는 분야가 많은 데서도 알 수 있다. 메모리 반도체 생산량 1위, 선박 건조율 세계 1위, IT산업 세계 1위, 핸드폰 보급률 세계 1위 등이 그것이다. 자동차 생산량도 세계 5위의 강국이다. 뿐만 아니라 IMF 지원을 가장 단기간에 끝낸 나라이며, 세계 경제 규모 13위의 강국이다. 세계에서 여섯 번째 군사력을 보유하고도 끊임없이 선진국을 배우며 발전하고 있는 나라이기도 하다.

지난 2012년 10월 20일에는 개발도상국의 온실가스 감축과 기후변화 적응을 지원하기 위한 유엔(UN) 산하의 국제기구인 녹색기후기금(Green Climate Fund)이 인천 송도로 최종 결정되었다는 낭보도 있었다. 우리가 한국인이라는 사실이 새삼 자랑스럽지 않은가? 정녕 작고도 강한 코리아임에 틀림없다. ♣

음력 생일과 기일

무더운 상하(常夏)의 외국을 여행하다보면 사계절이 있는 나라에 사는 우리가 얼마나 행복한지 새삼 절감하게 된다. 중국 동진(東晋)의 시인 도연명도 사시(四時)라는 시에 사계절의 아름다움을 이렇게 읊고 있다.

봄의 물은 사방의 못을 가득 채우고	春水滿四澤 춘수만사택
여름의 구름은 봉우리마다 걸려있네.	夏雲多奇峰 하운다기봉
가을 달은 밝은 빛을 한껏 드높이는데	秋月揚明暉 추월양명휘
겨울 고개 위엔 외로운 소나무 빼어나구나.	冬嶺秀孤松 동령수고송

가벼운 사색

사람들은 사계절의 변화 속에서 자연의 오묘한 이치를 깨닫곤 한다. 여름철이면 추운 겨울을 생각하고, 반대로 겨울이면 한여름을 떠올리면서 무한한 상상력과 창조력을 발휘하기도 한다. 그래서 인류 역사상 사계절이 있는 북위 30도에서 50도 사이의 나라들이 번갈아 세계를 제패했는지도 모른다. 그리스의 알렉산더 대왕, 로마제국, 비잔틴제국, 몽고제국, 오스만 투르크제국, 스페인, 프랑스, 영국, 독일, 이탈리아, 일본 그리고 오늘날의 미국과 중국 등은 모두 사계절이 있는 나라들이다. 하다못해 조그만 네덜란드도 한때는 세계를 제패하여 인도네시아를 식민지로 삼았던 역사가 있다. 그런데 사계절이 뚜렷하면서도 유독 평화를 사랑한 우리나라만이 세계 제패 국가에서 제외된 것은 21세기를 예비하기 위한 창조주의 히든카드가 아니었을까?

지난여름은 참 무더웠다. 게다가 장마가 따로 없이 시도 때도 없이 게릴라성 비가 내려 이제는 우리나라도 사계절이 없는 기후대로 변해가는 게 아닌가 걱정되었다. 그럼에도 불구하고 계절은 어김없어, 다시 또 가을이 찾아왔다. 아주 화창한 천고마비의 가을이. 그리고 이 가을이 지나면 겨울이 오고, 우리는 빈 가지를 보면서 또 다시 벚꽃 피는 희망의 봄을 기다리곤 한다.

우리나라는 예부터 농경사회였기에 계절의 변화에 민감했다. 그래서 계절을 잘 알 수 있는 지혜가 필요했다. 24절기가 그렇고, 달력도 그랬다. 달력은 1년을 주기로 만드는데, 보통 태양과 달 가운데 어떤 것을 기준으로 하느냐에 따라 양력(태양력. 太陽曆)

과 순수 음력(태음력. 太陰曆), 그리고 조정된 음력(태양태음력. 太陽太陰曆)의 세 가지로 나뉜다.

양력(태양력)은 지구가 태양을 한 바퀴 도는 공전주기(365.2422일)를 1년으로 보고 만든 것으로, 이집트에서 처음 사용되었다. 이집트는 일찍부터 나일강의 범람을 연구하다보니 태양력이 발달되었다고 한다. 이것이 로마로 이어져 기원전 1세기 율리우스 시저 황제 때 1년이 365.25일임이 알려져 보완되었다. 그래서 기존의 태양력에서 남는 0.25일을 모아 4년에 한 번씩 하루를 더 해 366일로 하는 윤년(閏年)이 탄생되었다. 현재의 양력은 1582년 로마 황제 그레고리우스 13세에 의해 그 단점이 다시 보완되어 오늘에 이르게 된 것이다. 우리나라에선 1896년 고종황제가 칙령을 내려 오늘날의 양력을 사용하게 됐다.

순수음력(태음력)은 지구와 달과의 관계를 가지고 1년을 정하는 것이므로 태양과는 관계없다. 이는 고대 메소포타미아에서 달이 차고 기우는 주기에 따라 만든 달력에서 유래했다. 바다의 밀물과 썰물은 달의 표면 장력에 의해 영향을 받으므로 바다를 생활로 삼은 어부 등에겐 음력이 꼭 필요하다. 하지만 태양과 관계가 없기에 계절 변화를 반영하지 못하는 단점이 있다. 따라서 순수음력 날짜론 8월에 한겨울이 되기도 하고, 1월에 한여름을 맞을 수도 있다. 이슬람 국가의 라마단 날짜가 매번 달라지는 것도 순수음력을 기준으로 하기 때문이다. 태양열이 작열하는 사막에서 낙타를 타고 가는 대상(隊商)에겐 밤하늘의 달이 보름달인지 그믐

달인지가 중요하기 때문이다.

조정음력(태양태음력)은 우리나라에서 흔히 사용하고 있는 음력이다. 이는 계절의 변화를 반영하지 못하는 순수 음력을 보완하여 3년에 한 달의 윤달을 두는 달력이다. 이 역시 조정에도 불구하고 계절의 변화를 알기엔 한계가 있다. 1년에 10일 이상 차이가 나기 때문에 농부에겐 큰 도움을 주지 못한다. 그래서 나온 것이 중국을 포함한 동양국가의 24절기이다.

3,000년 전 중국 주나라 때 만들어진 24절기는 태양이 운행하는 궤도(황도, 黃道)에 15도마다 24개의 점을 표시해 입춘, 우수, 경칩 등의 이름을 붙였다. 따라서 입춘, 입동, 하지, 동지(양력으로는 매년 12월 22일 경) 등 24절기는 달의 움직임과 상관이 없다. 음력을 기준으로 정한 설, 추석 등 명절은 해마다 날짜 차이가 크지만 양력으로 정해진 24절기는 날짜 변동이 거의 없는 것도 이 때문이다. 실제로 달력을 놓고 보면 24절기는 양력으로 매월 4~8일과 19~23일 사이에 온다.

하지만 이들 24절기는 중국 주나라 화북 지방의 기상 상태에 맞춰 정해졌기 때문에 우리나라 기후에 정확히 맞는 것은 아니다. 오늘날처럼 기후에 따른 생태계가 달라진 상황에선 더욱 그렇다. 그래도 훌륭한 계절의 지표임에는 틀림없다.

그렇다면 우리가 가정에서 일상적으로 맞는 여러 기념일(紀念日), 예를 들어, 생일(生日)이나 기일(忌日)은 양력과 음력 중 어느 쪽으로 기념해야 좋을지 생각해 볼 필요가 있다. 대체로 요즘은 나이 든 분의 생일은 음력(陰曆)으로, 아이들 생일은 양력(陽曆)으로 하는 가정이 많은 것 같다. 생일을 음력 기준으로 하면 매년 계절이 늦거나 빨라지는 문제점이 있다. 즉 태어난 계절에 기념일을 못 갖는 경우가 있다는 뜻이다. 특히 윤달에 태어난 아이는 3년에 한 번 또는 영원히 기념일을 갖기 힘든 경우가 발생한다.

우리나라의 경우 일제(日帝)가 양력 사용을 강요했다 해서 음력 사용이 일종의 민족정신을 기리는 것으로 생각하는 이들도 있는 것 같다. 또한 조상의 기일은 음력으로 해야 더 신성한 양 착각하는 경우도 있는 것 같다. 그러나 생일이든 기일이든 그것은 매년 다가오는 기념일 이상도 이하도 아니다. 따라서 그 날짜를 정하는 것은 합리적이어야 한다. 그렇다면 기념일을 제때 찾을 수 있는 양력으로 하는 것이 옳지 않을까?

한 가지 덧붙이고 싶은 것은 조상이 돌아가신 기일(忌日) 제사(祭祀)를 밤에 모시다가 제사에 참여하는 사람의 다음날 출근이나 교통문제로 저녁으로 변경할 때의 날짜이다. 밤에 모신다는 것은 시간상으로 제사 음식을 준비하는 날 제사를 모시는 게 아니다. 하루를 12시간으로 계산하던 옛날엔 그 다음날이 시작되는 축시(새벽 1~3시)에 모시는 것이다. 그 날짜는 바로 고인이 돌아가신 날이다. 따라서 저녁에 모시고자 하는 경우엔 기존의 기일보다 하루 늦추어야 제 날, 즉 돌아가신 날에 제사를 모시는 것이 된다. 기일이란 고인이 돌아가신 날에 모시는 것이기 때문이다. 그렇지 않고 습관적으로 제사 음식 장만하는 당일 저녁에 모시면 멀쩡하게 살아계신 부모님에게 제사를 지내는 불효자식이 되고 마는 것이다.

양력이 음력에 비해 만능은 아니지만, 적어도 기념일은 계절을 생각하여 양력으로 하는 것이 합리적이고 일상생활에도 편리하다. 그런 의미에서 그간 어느 정도 정착되던 양력 설날을 음력으로 되돌린 것은 매우 안타까운 일이다.

추석도 생각해보자. 추석을 음력 8월 보름으로 하다 보니, 어떤 해엔 가을추수가 시작되기도 전에 추석차례를 지낸다. 햇곡식을 먹기 전 조상님께 먼저 감사드리는 것이 추석의 본뜻이라면, 묵은 곡식으로 송편을 빚고 늦더위에 민족 대이동을 해야 하는 것은 아이러니가 아닐 수 없다. 차라리 가을걷이가 끝나는 10월의 적절한 시기를 민속의 날로 합의해 명절로 삼는 것이 자연의 이치에 맞지 않을까 싶다. ♣

소음은 괴로워

아파트 층간 소음 문제가 이슈화되기 훨씬 오래 전의 일이다. 동창생들과 저녁을 먹기 위해 간 곳은 평소 잘 가지 않는 그런대로 분위기가 있는 식당이었다. 예약을 하지 않았는데도 다행히 한 테이블이 비어 있었다. 우리 일행은 기분 좋게 앉아 서로 안부를 묻기도 하고, 때로는 결론도 처방도 없는 이런 저런 사회적 이슈에 대해 다양한 의견을 나누고 있었다. 그때 옆 테이블에도 마침 동창생들로 보이는 젊은 여성 대여섯이 얘기꽃을 피우고 있었는데, 젊고 발랄한 그녀들의 모습에 은근히 부러운 마음이 들었다. 그러면서 문득 내 젊은 시절이 떠올랐다.

"나도 저 나이 땐 저랬을 거야. 그것도 담배 연기 자욱한 다방에서 말이야. 설익은 사랑, 민주, 자유 등이 단골 메뉴였지. 솔직히 이 나이가 되어도 확신 있게 말할 수 있는 내용이 아닌데 말이야. 모르면 겁이 없고, 더구나 내뱉은 말에 책임을 안 져도 되는 방종자였으니 그랬는지 몰라. 그때를 생각하니 쑥스러워지네. 어쨌든 젊음이 좋기는 좋네…"

잠시 옆 테이블에 대한 상상과 나의 추억이 겹치며 슬며시 웃음이 났다. 그러나 그 기분은 그리 오래 가지 않았다. 갑작스럽게 깔깔거리며 웃는 소리는 우리의 시선을 자꾸 그쪽으로 향하게 했다. 그녀들의 소리는 낮아질 줄 몰랐다. 무심하려 해도 자꾸 신경이 쓰였다. 하는 수 없이 나는 서빙 아주머니에게 옆 테이블의 소리 좀 낮춰달라고 부탁했다. 하지만 아주머니는 후유증을 염려해서인지 오히려 나더러 참으라는 게 아닌가. 나는 은근히 부아가 났지만, '할 수 없지 뭐. 참아야지. 그래 교양이 있는 아가씨들인데 좀 참으면 조용해지겠지…" 하고 속을 달랬다.

친구가 내 기분을 눈치챘는지, "야, 옆 테이블 무시하고 술이나 마셔."라며, 아직 덜 비운 내 술잔에 첨잔을 한다. "넌, 내가 술 못 마시는 것 알면서 첨잔을 하고 그래. 내가 귀신이니?' 나도 모르게 퉁명스레 한마디를 던졌다. 종로에서 뺨 맞고 광화문에서 화풀이하는 꼴이었다.

그렇게 얼마의 시간이 지났을까? 이제는 우리의 대화를 멈추게 할 정도로 옆 테이블의 소리는 한 옥타브 더 높아져 있었다. 간혹 박장대소까지 하며 무례가 도를 넘어서는 분위기였다. 더 이상 참기 힘들었다. 나는 마지막 수단으로 메모를 썼다.

"분위기를 망치는 것 같아 미안합니다. 동창생들인가 본데요. 즐겁게 노는 모습이 좋아 보입니다. 그런데 다른 사람들도 얘기할 수 있도록 목소리를 조금만 낮춰주시면 어떨까요? 부탁드립니다."

그리곤 바쁜 아주머니를 불러 전달하게 했다. 어떤 반응이 나오는지 궁금했다. 메모를 받아든 아가씨는 다짜고짜 '이게 뭐야?' 하더니만 상기된 표정으로 주위를 살핀다. 그리고는 너무 심했다는 것을 눈치챘는지 말소리가 조금 낮아진다. 젊은 여성들의 기(氣)를 꺾은 것 같아 조금은 미안한 마음이 들었다.

최근에는 아파트 층간 소음 때문에 '이웃사촌'이란 말이 무색할 정도로 아파트 위 아래층에 사는 사람들끼리 마음의 상처가 생기고, 때로는 폭력이나 소송으로 이어지는 경우도 있다.

소음은 대중식당이나 아파트 층간만의 문제가 아니다. 전철이나 버스에서 시끄럽게 울려대는 핸드폰 소리는 또 얼마나 공해이며, 때론 아파트단지에서 여름 내내 자란 풀을 깎느라고 돌리는 예초기 돌아가는 기계음, 또는 떼거리로 울어대는 한여름 밤의 매미 소리도 내겐 여간한 소음이 아니다. 또 자동차 경적소리는 어떤가. 운전을 할 때 누구나 경험하는 것이지만 멈춤 신호에 대기하다가 조금이라도 출발이 늦어지면 영락없이 뒤에서 경적 소리가 울린다. 그뿐인가. 주행 중 조금이라도 속도가 느리면 뒤에서 '빵빵' 거리기 일쑤다. "빨리 빨리" 문화가 도로에서도 발동되는 것이다.

소음에 민감한 정도는 나이와는 상관없이 사람 따라 다르겠지만 기피하고 싶은 것은 사실이다. 나의 경우 학생시절엔 도서관일지라도 쥐 죽은 듯이 조용한 곳보다는 약간의 인기척이 있는 경우가 오히려 집중이 잘 되기도 했다. 그러다가 나이가 들수록 소음에 예민해지는 정도가 심해지는 것을 느낀다. 혹시 병이 아닌가 의심해보기도 한다.

소리의 크기는 전화기를 발명한 알렉산더 벨의 이름을 따서 벨(B)이라는 단위를 만들었고, 그 10분의 1을 데시벨(㏈)이라고 한다. 사람의 귀는 작은 소리에는 민감하게 반응하고, 큰 소리에는 둔하게 반응하는 자동 조절기능을 가지고 있다. 소리의 세기가 10배가 되더라도 사람의 귀는 10배로 듣는 것이 아니라 약 2배 정도로 듣는다고 한다. 많은 자동차가 달리는 도로의 소리는 약 70㏈이지만 이것은 조용한 도서관에서 나는 소리인 40㏈의 1천배나 되는 세기이고, 120㏈ 이상은 고막을 파열시킬 수도 있는 크기라고 한다. 이러한 소음에 대해 각국은 기준은 다르지만 나름대로 규제를 하고 있다. 우리나라도 주민의 정온한 생활환경을 유지하기 위해 소음·진동을 규제하고 있으나, 단속은 허술한 편이다.

소음은 괴롭다. 소음은 나에게 요물의 괴성이자 악마의 고문이다. 나이가 들수록 더욱 더 심해져 오는 듯한 이 현상을 어떻게 극복해야 할지 걱정이다. 소음과 적당히 친해질 수는 없을까. 그것도 쉽지는 않을 듯하다. 그렇다고 소음 때문에 현재 사는 곳에서 피신하고 싶은 마음은 없다. 피신해봐야 또 다른 소음이 기다리고 있을 테니까. 오늘도 나는 소음과 말없는 싸움을 하고 있다. ♣

등산의 즐거움

젊었을 때에는 운동을 하지 않아도 피곤함으로 시달리는 법이 많지 않다. 나만 해도, 만용을 부리듯 밤을 새워가며 과로를 해도 다음날 일하는 데 별 무리가 없었다. 젊음만이 가질 수 있는 일종의 특권일 것이다. 하지만 나이가 들면 다르다. 틈틈이 운동을 해야 건강을 유지할 수 있고 일도 활기차게 할 수 있다. 다만 어떤 운동이 좋은지에 대해선 사람마다 다를 것이다. 나는 건강 유지를 위해 등산을 꼽고 싶다.

등산은 시간에 구애받지도 않고, 다른 사람을 신경 쓰지 않고 호젓이 즐길 수 있기 때문이다. 축구나 야구같이 20명이 넘는 사람이 같은 시간 같은 장소에 모여야 하는 번거로움이 없다. 오히

　려 다른 사람과 같이 있다면 어떤 때는 산을 느끼고 자연을 음미
하는 데 방해가 될지도 모를 일이다. 다른 사람과 약속시간을 챙
기지 않아도 되고 내가 원할 때 언제든 혼자 즐길 수 있다.

　천천히 산을 오르며 지난날을 추억할 수도 있고, 장차 해야 할
일을 미리 숙고해 볼 수도 있다. 나무와 꽃들의 싱그러움 속에서
새들의 지저귐을 들으며 사색하는 일은 그 자체만으로도 행복하
다. 혹여 마음에 맞는 지기(知己)와 함께 등산을 한다면 이런저런
이슈를 화제 삼아 소통할 수 있어 좋다. 막걸리 한 잔이 곁들여지
면 더욱 좋을 것이다. 등산은 편안함을 맘껏 느끼면서 여유롭게
생각하는 즐거움이 있다.

오늘 당장 생각지 않은 여가 시간이 생겼다면 가까운 산으로 등산을 떠나보자. 친한 친구와 함께라면 더욱 좋을 것이다. 등산은 복장이나 장비에 구애받지 않아 비용적인 부담도 거의 없다.

공자(孔子)는 논어 학이편(學而篇)에서 벗이 있어 먼 곳으로부터 찾아오면 또한 즐겁지 아니한가(有朋自遠方來 不亦樂乎)라고 했다. 이를 등산에 패러디(parody)하면 이렇지 않을까? 산이 있어 스스로의 힘으로 등산할 수 있다면 건강하다고 할 수 있지 아니한가(有峰自力登山 不亦健康乎)라고. 오늘 당장 가벼운 마음으로 산으로 떠나보자.

집을 나서기가 어렵지 배낭을 메고 일단 산으로 나가기만 하면 결코 후회하는 법이 없다. 산은 어디든 좋다. 명산은 후에 이야깃거리가 되어 좋고, 높은 산은 체력 향상에 큰 도움이 되고, 집 주변에 있는 동산은 산책하기에 안성맞춤이다. 등산은 운동량이 많으면서도 돈이 들지 않으니 일석이조(一石二鳥)인 셈이다. ♣

축구와 경영

우리나라 사람들은 스포츠 중 유독 축구에 더 열광한다. 아니, 우리나라 사람들뿐 아니라 세계인 모두가 그렇다. 특히 유럽인들은 광적으로 좋아한다.

축구의 기원은 로마시대부터라고 하나, 근대 축구의 발상지는 영국이다. 서기 1042년 덴마크에 정복당했던 영국이 압제에서 벗어난 후 복수의 의미로 덴마크인의 무덤에서 두골을 파내 차기 시작한 것이 축구의 기원이 되었다고 한다. 그 뒤 두골 대신 바람을 불어 넣은 동물의 방광을 차는 것으로 변천했다고 한다.

한국축구의 역사는 멀리 삼국시대까지 거슬러 올라간다. 삼국사기에는 우리 조상들이 쇠가죽 속에 털이나 겨를 넣어서 둥글게 만들거나 돼지의 방광에 바람을 넣어 찼던 축국(蹴鞠)이라는 놀이를 즐겼다고 되어 있으며, 신라의 장군인 김유신과 김춘추도 이를 즐겼다고 전해진다. 내가 어릴 때는 농촌에서 축구공이 없어 짚으로 똘똘 만 유사 축구공을 만들어 보리밭에서 놀곤 했다.

축구는 11명의 선수들이 경기를 한다. 월드컵의 경우 포지션당 2명, 골키퍼 3명을 합해 총 23명이 최종 엔트리로 선정된다. 전후반 45분과 3~4분의 인저리타임을 합해 90분 이상을 쉼 없이 뛰어다녀야 하니 체력소모가 이만저만이 아니다. 승부가 가려지지 않을 때에는 연장 전후반 15분씩 추가로 경기를 하는데 그래도 무승부일 경우에는 승부차기를 한다. 현재까지 최장 승부차기는 1978년 자메이카와 쿠바경기로 양 팀당 20명씩 킥을 시도해 7대 5로 자메이카가 승리를 거두었다.

축구는 혼자만의 경기가 아니다. 서로 단합하고 화합해야 하며, 팀워크가 무엇보다 중요하다. 아무리 축구를 잘하는 사람이라 하더라도 혼자서 상대팀을 전부 제치고 골을 넣기란 쉽지 않다. 또 자기 혼자 잘한다고 팀이 꼭 승리하는 것도 아니다. 상대팀의 공격수들도 잘 방어해야 한다. 우리 팀이 골을 넣는 것 못지않게 상대팀을 효과적으로 잘 막는 것도 중요하기 때문이다. 동료들과 적절히 패스를 주고받으며 골문 앞에서 마지막 찬스를 득점으로 연결하는 것은 직장생활에서도 통한다.

직장의 동료들이나 선배, 후배들 간에 적절한 소통을 통해 깔끔하게 일처리를 하는 것은 축구나 회사업무나 같은 맥락이다.

힘들고 지치지만 선배에게 물 한 모금 먼저 권하는 매너는 업무 때에도 마찬가지이다. 축구에서 건강은 물론이거니와 조직에서도 필요한 직장예절을 습득하니 마당 쓸고 돈 줍고 그야말로 일거양득이라고 할 수 있겠다. 축구를 통해 직원들은 끈끈한 교감을 나눌 수 있다. 경기의 승패를 떠나 모두가 하나이고 가족이 된다.

경영을 좌우하는 변수는 환율, 국제 곡물 가격, 국제 유가, 소비 위축 등 다양하다. 경영을 하다보면 수많은 돌발변수가 영향을 미친다. 그러나 위기를 기회로 삼을 줄 아는 지혜를 발휘해야 한다는 점에서 축구와 경영은 비슷하다. ♣

회의는 짧게, 문서는 간결하게

중국인은 격식을 무척 따진다고 한다. 청(淸)나라 황제 앞에서 신하는 삼배구고두(三拜九叩頭)를 했다. 세 번 절할 때마다 땅에 이마를 세 번씩, 모두 아홉 번 대는 의식이다. 이 절은 병자호란 때 인조가 삼전도에서 청 태종에게 했던 치욕의 상징이기도 하다.

그런데 2012년 말 중국의 새로운 지도자가 된 시진핑(習近平) 총서기는 덩샤오핑 어록을 인용하여, "공허한 말은 나라를 망치고 실질적 행동이 나라를 흥하게 한다." 면서 격식 파괴에 나섰다고 한다. 원문으로는 '공담오국 실간흥방(空談誤國 實幹興邦)' 이라고 쓴다. 국정에 적용하자면 회의는 짧게, 문서는 간결하게 하고, 해외출장 때 수행 인원도 줄이겠다는 것이다. 꽤 공감이 가는

말이다.

이는 정치뿐만 아니라 일반 기업에도 똑같이 적용될 수 있다. 회사는 여러 구성원들이 이익이라는 공동의 목표를 위해 모인 곳이다. 상사는 리더로서, 부하는 참여자로서 합심하여 제품 또는 서비스를 생산하고 판매한다. 이런 공동의 목표를 위해 구성원들은 어떤 태도로 임해야 할까? 여기에는 두 가지 유형이 있다.

첫째는 제법 배운 것이 많고 똑똑하지만 입으로만 일하는 경우이다. 이론은 많이 알지만 실행은 못하는 사람이다. 어떤 문제에 직면하면 대안을 찾기보다 평론가가 되는 사람이다. 이런 사람들은 남들이 고생 고생해서 만든 대안에 이런 저런 평가만 하려든다. 심지어 그 정도의 대안은 나도 만들 수 있다며 폄훼함도 서슴지 않는다. 이런 사람들은 대개 부정적이고 소극적이다. 마치 학창시절로 돌아가 혼자 공부하고 시험만 잘 보려 하는 부류다. 하지만 실천이 필요한 비즈니스 세계에서는 고치가 자동으로 나비나 벌로 탈바꿈되지 않는다는 사실을 명심할 필요가 있다. 부정적이고 평론만 하는 사고만으로는 직면한 문제를 해결할 수 없기 때문이다.

두 번째는 평론가형 사원에 대응되는 해결사형 유형의 사원이다. 해결사형은 끊임없이 공부하고 치열한 생각(hard thinking)으로 무엇이 문제인지를 찾아 어떻게든 대안을 마련하려는 사원이다. 이러한 해결사형 사원은 자발적이고 긍정적이다. 때론 창의적이고 끝장정신으로 문제에 접근함으로써 대안을 찾고 성취감을 느낀다. 당연히 회사도 좋아지고 개인의 발전도 가져온다. 이런 사람이 많을수록 회사의 상명하달식 지시는 줄어들고, 자유롭고 창의적인 기업문화가 조성된다. 결과적으로 직원들의 생산성은 높아지며 강한 애사심으로 연결된다.

앞서 두 유형을 비교해 볼 때 어떤 쪽을 지향해야 할지 명확하다. 사회와 기업은 날이 갈수록 더 정보화되고 스피드화되어 간다. 21세기는 혁신과 창조가 시대정신이기도 하다. 이런 때일수록 공담오사 실간흥사(空談誤社 實幹興社)가 기업에 주는 시사점은 크다. 공허한 말잔치로 동료들의 사기를 다운포스(down force)시킬 것이 아니라, 회의는 짧게 문서는 간결하게 할 필요가 있다. 또한 책임 있는 행동으로 동료들의 사기를 업포스(up force)시킬 수 있어야 하고, 더불어 동료들과의 합심(合心)도 중요하다. 혼자가면 길이지만, 다 함께 가면 역사가 된다고 하지 않는가. ♣

21세기는 여성의 시대

　21세기가 된 지도 10년이 넘은 지금, 우리 사회에는 여전히 많은 변화가 일어나고 있다. 비록 세계에서 유일한 분단국가이지만 세계 12위 내외의 경제대국이 되었다. 50~60년대 보릿고개를 생각하면 그야말로 기적이 아닐 수 없다. 민주화라는 단어조차 모르던 왕조국가가 대한민국이라는 새로운 국가로 탄생한 지 50년 만에 완전한 민주화도 이루었다. 어디 그뿐인가. 전 인류의 체전인 올림픽과 월드컵을 유치하고, 당당히 세계의 주역으로 등장하지 않았는가. 인권이 신장되는가 싶더니 유엔 사무총장까지 배출하여 우리나라의 국제 위상이 크게 향상되었다.

　이에 발맞춰 우리 사회에서 여성의 역할도 빠르게 상승되고 있

다. 각종 국가고시에서 여성 합격자 비율이 과반을 넘긴 지 오래이다. 그간 거리낌 없이 사용되던 남존여비(男尊女卑)란 말도 사라졌다. 또 여학생이 소수이던 시절에 여학생을 보호하기 위한 여학생처라는 대학직제도 없어진 지 오래이다. 이제는 남학생을 보호하기 위한 남학생처를 두어야 한다는 주장이 솔솔 나오는 실정이다. 이 모든 것이 20세기에는 생각도 못해본 일들이다.

그러나 이 지구상에는 아직도 여성 차별이 심한 나라가 제법 있다. 인도가 대표적이다. 얼마 전 인도를 여행 중이던 스위스 여성이 남편이 보는 앞에서 현지 남성들에게 집단 성폭행을 당해 국제적으로 큰 파장을 일으킨 적이 있다. 그럼에도 아직까지 인도의 청소년들은 부인이 남편에게 매 맞는 것을 당연하다고 여긴다고 하니 놀라울 따름이다. 이와 같은 현상의 밑바탕에는 인도 국민의 대다수가 믿는 힌두교 법전에 여성은 남성에게 순종해야 한다고 가르치고 있고, 이미 법으로 금지됐지만 남편이 죽으면 아내도 따

가벼운 사색

라 죽는 '사티' 라는 풍습이 아직 남아 있기 때문일 것이다.

화제를 바꿔, 우리나라의 남존여비 문화는 언제부터 시작되었을까? 조선이 건국하면서 유교를 국교로 삼았기에 약 500년 동안 남존여비사상이 지배했을 거라고 예단하기가 쉽지만 그렇지 않다. 우리나라 여성 최초로 5만 원권 화폐 도안 인물이 된 신사임당(1504~1551)을 예로 들어보자. 구도장원공(九度壯元公) 율곡 이이의 어머니이기도 한 신사임당은 대한민국 어머니의 표상이지만 그림, 서예 및 문장에도 능한 천재 예술가였다. 신사임당이 생활한 16세기까지는 여전히 민간사회의 풍습은 고려시대의 풍습이 지배하고 있었다. 따라서 재산 상속도 아들, 딸 차별하지 아니하고 균등하게 배분했으며, 제사도 자녀를 구분하지 아니하고 번갈아가며 모셨다. 신사임당의 아버지도 오죽헌에서 처가살이를 했는데, 당시로 보면 너무나 자연스러운 풍습이었다. 더구나 신사임당의 어머니는 무남독녀였지만, 신사임당의 외할아버지는 아들을 얻기 위해 굳이 둘째 부인을 들이지도 않았다. 이와 같이 임진왜란 이전까지는 남녀평등의 문화가 일반적이었다.

그럼에도 불구하고 우리나라에 남존여비 문화가 확고해진 것은 임진왜란(1592~1598)이 계기가 되었다. 임진왜란으로 피폐해진 나라를 복구하기 위해서는 많은 재정이 필요했고, 효율적인 조세 징수를 위해서는 재산이 각자에게 분산되는 기존의 남녀평등에 의한 재산상속보다는 모든 재산을 장자(長子)에게 집

중 상속하는 제도가 국가적으로 유리했다. 이는, 조선의 건국 철학인 유교(儒敎)와도 조화되어 남존여비의 형태로 표출하게 되고, 이것이 20세기까지 우리나라의 여성을 옥죈 주된 요인이 된 것이다.

최근 페이스북의 2인자 셰릴 샌드버그는 "여성이 리더가 돼야 조직의 생산성이 높아진다."고 강조한 바 있다. 때를 맞추기라도 한 듯 2013년 우리나라에서 처음으로 여성 대통령이 탄생했다. 전통적인 유교사회에서는 꿈도 꾸지 못한 일이 현실화된 것이다. 바로 21세기가 된 산 증표이기도 하다.

그런데 우리나라에서 여성 대통령이 나온 것보다 더 중요한 것은 여성 대통령을 받아들일 수 있는 우리나라 남성이 아닌가 싶다. 그런 면에서 21세기는 여성의 시대이자, 남녀평등의 시대이기도 하다. ♣

오해없는 쉬운 어휘를 사용하자

한때 '노견' 이라는 말이 있었다. 고속도로 교통 질서의 유지 차원에서 1991년 일본에서 사용하던 어휘를 들여와 사용하려 혼선만 야기하고 폐기한 단어이다. 나는 처음엔 주인 없이 나돌아다니는 개란 뜻의 노견(路犬)으로 이해했었다. 나중에 보니 '갓길' 이라는 뜻의 노견(路肩)을 말하고자 했던 것이다. 처음부터 '고속도로 갓길 운행 단속' 이라고 했다면 듣기도 좋고 이해도 쉬웠을 것을 가슴에 와 닿지 않는 일본 한자를 무리하게 차용하려다가 생긴 해프닝이었다. 그 후 바로 '갓길' 로 수정하여 오늘에 이르고 있으니 그나마 다행이다.

우리나라 교회에서 가장 많이 채택되고 있는 개역개정판 성경를 보자. 사도행전 9장 3절에 "사울이 길을 가다가 다메섹에 가까이 이르더니 홀연히 하늘로부터 빛이…"라는 구절에서 "다메섹"이 어딘지를 몰라 고민했는데, 시리아의 '다마스커스'임을 알고는 허탈했다. 지금이라도 '다마스커스'라고 표기한다면 중학생 정도면 다 아는 지명이다. 에스라서 1장 1절의 "바사 왕 고레스 원년에…"에서 바사가 그 유명한 페르시아 제국임을 알고는 실소를 금할 수 없었다. 어째서 페르시아가 바사가 되었단 말인가? 어디 그뿐인가. 마태복음에는 "또 너희는 기도할 때에 외식하는 자와 같이 하지 말라"(마6:5)고 하는데, 외식(外食)하는 사람이 왜 나쁘기에 예수님은 상종하지 말라고 극언을 했는지 이해가 안 되었다. 알고 보니 '겉치레'를 뜻하는 외식(外飾)이었다. 한자를 부기하지 않고 한글로 '외식'이라고만 되어있는데 '겉치레'라고 바로 이해할 신자가 얼마나 될까.

성경에 자주 나오는 어휘 중에는 사실은 쉬운 뜻인데도 옛날 한자 번역을 그대로 둬 읽고도 뜻을 모르거나 다른 뜻으로 이해하는 경우가 많다. 출애굽기, 유월절(逾越節), 긍휼(矜恤), 감람산(橄欖山), 창수(漲水), 서기관(書記官) 등이 그 예이다. 이 어휘들은 선뜻 와 닿지 않는다. 일반적인 용어로 바꾸면 출애굽기는 이집트 탈출기, 유월절은 통과절(通過節), 긍휼은 불쌍히, 감람산은 올리브 산, 창수는 홍수, 서기관은 율법학자 정도가 된다. 그런데도 불구하고 일부 목회자들은 성경을 반복해서 읽으면 어느 순간 깨우칠 수 있다고 강변하거나, 신앙은 믿음이 중요하다며 너무 따

가벼운 신념

지지 않는 것이 좋다며 회피하는 경향도 있어 답답한 적이 한두 번이 아니다.

내가 전공하고 있는 회계 분야에도 그런 현상은 마찬가지이다. 흔히 듣는 대차대조표(貸借對照表)를 보자. 문리적으로 해석하면 대변과 차변을 대조하는 표란 뜻이다. 너무나 자연스런 이해방법이다. 그런데 회계전문가에게 대차대조표는 재무상태(자산 상태, 부채상태, 자본 상태)를 나타내는 표이다. 회계를 아는 사람과 모르는 사람과의 사이에 인식의 차이가 너무 크다. 누구의 잘못인가? 회계전문가들이 대차대조표란 용어 대신 재무상태표라고 바꿨어야 했다. 나는 20여 년 전 회계학의 모 석학에게 진지하게 이 문제를 제기해 보았다. 반응은 부정적이었다.

"이미 오랫동안 굳어진 용어이기에 바꾸기가 쉽지 않네."

그러면서 하신 한마디가 뇌리에 생생하다.

"모르면 배우도록 해야지. 그래야 전문가가 설 자리가 생기지!"

다행히도 2011년 이후에는 '대차대조표'라는 용어는 '재무상태표'로 사용할 것을 권장하고 있다. 그동안 속뜻 따로 겉뜻 따로 식의 '따로국밥'를 먹느라고 얼마나 많은 학생들이 스트레스를 받았을까.

이참에 신문 기사에 자주 등장하는 오해하기 쉬운 회계용어를 살펴보자. 회계용어에서 차변(借邊)과 대변(貸邊)은 빌려주거나 빌리는 것과는 아무 상관이 없이, 단지 차변은 좌변(左邊)을 대변은 우변(右邊)을 나타내는 것에 불과하다. 이런 면에서 두 용어는 회계를 처음 접하는 자를 당혹하게 만드는 죄인인 셈이다. 유동자산과 유동부채란 용어도 1년 이내에 현금화할 자산이요, 1년 이내에 돈으로 갚아야 할 부채란 뜻이다. 그래서 '1년 내 자산' 또는 '1년 내 부채'로 하면 될 용어이다. 회계상 대손충당금이란 대손추정액 또는 대손예상액 정도의 뜻이다. 그런데 회계를 모르는 어느 누가 그렇게 해석하겠는가? 대손을 위해 쌓아 둔 돈으로 이해하는 것이 당연할 것이다. 그렇지 않다고 우기는 전문가들이 오히려 비정상적이다. 감가상각은 또 어떤가. 유형자산의 사용기간(내용연수)에 취득원가를 비용으로 배분하는 것이 '감각상각비'이다. 그러니 가치의 감소와는 거리가 먼 데도 한자가 지닌 뜻으로 오해를 받는다.

물론 학문에는 정확한 뜻을 찾아 고유의 용어를 만들기도 하고, 한자어(漢字語)를 사용하기도 있다. 회계도 마찬가지다. 재산(財産, property)이란 용어가 있음에도 불구하고, 회계에서는 자산(資産, assets)이라는 용어를 사용하는 것은 자산의 대부분이 재산이지만, 재산 아닌 일부 항목이 포함되기 때문이다. 예를 들어 미수이자는 민법상 재산이라고 할 수 없으나 회계에서는 자산항목에 표시한다. 부채(負債)란 용어도 민법상 채무(債務)와 비슷한 용어이지만, 채무라고 하지 않고 부채라고 한다. 그래야 정확한 개념이 될 수 있기 때문이다. 어려운 것은 배우면 된다. 중요한 것은 오해를 줄여야 한다는 점이다. 우리가 일반적으로 '충당금'이라고 하면 '자금을 적립해 준 돈'으로 이해하는 것이 당연하다. 물론 회계에서는 그런 뜻이 아니다. 그렇다면 그 뜻에 맞는 용어를 새로이 찾거나 신설해야 하지 않을까? 노력을 안 하는 것일까, 못하는 이유라도 있는 것일까?

학문이 분화되지 않은 옛날에는 모든 인문학은 신학으로 통했다. 그러다가 철학이 분화되고 신학은 남는다. 철학에서 다시 법학과 정치학이 분화되고, 경제학도 분화된다. 다시 경영학이 경제학에서 가지를 친다. 그렇다면 철학(哲學)이란 무엇일까? 밝고 현명함을 뜻하는 영어의 Pilosophy를 일본에서 철학이라고 번역하고, 우리나라도 그대로 사용하고 있다. 서양 사람들과 일본인들은 Pilosophy 또는 철학이라고 하면 이심전심으로 철학이 다루고자 하는 것이 통하는지 몰라도, 나는 아직도 철학이란 용어가 석연치 않다. 연구 대상이 다를 뿐이지 밝고 현명하지 아니한 학문이 어디 있으며, 그렇다고 철학이 밝고 현명한 것을 다루는 것 같지도 않으니 더욱 혼란스럽다. '철학'이라는 말 대신, 진정 '철학'이 다루고자 하는 것을 더 잘 표현할 수 있는 어휘는 없는 것일까?

소통은 오해하지 않는 쉬운 어휘를 사용하는 데서 출발하는 게 아닐까 싶다. ♣

성실한 납세자가 존경받는 사회를

예산은 나라의 살림살이를 숫자로 표시한 것이다. 또한 정책 비전을 실현하는 중요한 수단이기도 하다. 정부는 2014년도 예산안으로 약 358조 원을 편성하여 국회에 제출했다. 제출된 지출 예산안을 보면 보건·복지·고용에 약 106조 원(29.6%), 일반행정에 약 59조 원(16.5%), 교육에 약 51조 원(14.2%) 순으로 편성됐다. 반면 국방비에 지출할 예산은 약 36조 원으로 4위로 밀려나 있다.

잘 편성된 예산은 들어올 돈을 바탕으로 해야 한다. 우리는 이를 세입이라고 한다. 세입(재정수입)은 크게 국세수입과 세외수입 그리고 기금수입으로 나뉜다. 그 중에서도 중요한 것은 국민들로부터 징수하는 국세수입(또는 조세수입)이다. 그래서 정부예산은 국민의 대의기관인 국회로부터 심의를 받는 것이다.

정부가 마련한 2014년도 세입예산 중 국세수입은 218.5조 원으로 전망됐다. 경상성장률 6.5%가 반영된 것이며, 지하경제 양성화도 특별히 고려된 것 같다. 세입은 일반회계와 특별회계로 나눈다. 일반회계 세입예산은 내국세가 181.7조 원, 교통·에너지·환경세는 13.5조 원, 관세 10.6조 원, 교육세 4.5조 원 , 종합부동산세 1.1조 원이다. 그리고 특별회계는 7.2조 원인데 주세 3조 원과 농어촌특별세 4.2조 원으로 구성된다.

국민이 부담하는 조세는 국세 외에 지방세가 있다. 내년 지방세수는 57.9조 원으로 추계하고 있다. 그래서 국민의 내년 1인당 세 부담은 평균 약 550만 원이 된다. 네 식구를 한 가족으로 본다면 가구당 2천200만 원을 부담하는 꼴이다.

현행 우리나라 세목은 국세의 경우 소득세, 법인세, 상속세, 증여세, 종합부동산세, 부가가치세, 개별소비세, 주세, 교통·에너지·환경세, 인지세, 증권거래세, 교육세, 농어촌특별세, 관세 등 14개다. 지방세 세목은 취득세, 등록면허세, 레저세, 담배소비세, 지방소비세, 주민세, 지방소득세, 재산세, 자동차세, 지역자원시설세, 지방교육세 등 11개로 국세와 지방세를 모두 합치면 세금의 종류는 총 25개에 달한다.

정부는 일부 목적세를 보통세로 통폐합해 국세의 세목 수를 10개가량으로 줄이는 방법을 고민하는 것 같다. 대통령 공약사항이란다. 이론적으로 목적세가 보통세로 통폐합될 경우 징세업무의 효율성이 높아진다. 부수적으로 국민들의 성실납세도 높아져 135조 원에 달하는 박근혜정부의 복지공약 실천재원을 확보하는 데도 효과가 있다는 계산이다. 정약용은 당시 농사짓는 사람들에게 세금으로 붙는 것이 무려 43종이나 되었다며, 이를 개선하지 않고는 농민이 고통에서 벗어날 수 없다고 그의 저서인 목민심서에서 강조하고 있다. 하지만 세목의 통폐합은 넘어야 할 고개가 높고 많은 것 같다. 교육세·농특세 등 목적세 관련 이해관계자들이 언제나 그랬던 것처럼 고분고분하지 않기 때문이다.

세금의 역사는 곧 인류의 역사이다. 조세가 역사의 전환점이 된 경우가 많기 때문이다. 조선시대의 조세제도는 중국 당나라의 조세제도인 조·용·조에서 따왔다. 조(租)는 토지의 소출(所出)에 부과되는 지세(地稅)이고, 용(庸)은 부역노동이며, 조(調)는 수공업 등 토산물을 징수하는 것이다. 이 가운데 조(調)는 선조 41년에 대동법(大同法)을 실시하여 보완하긴 했지만 백성에게 많은 부담을 준 세목이다. 1894년 농민전쟁(동학혁명)은 여러 가지 원인이 있었지만 가장 결정적인 이유는 고부군수 조병갑이 만세보의 수세(水稅)를 과다하게 징수한 것이었다. 그것이 나중에는 청일전쟁으로 이어지고, 다시 1910년에 한일합병(韓日合倂)의 화근이 되었다.

외국의 경우에도 마찬가지다. 17세기 말 영국은 호화주택에 세금을 매기는데, 처음엔 벽난로가 있느냐 없느냐로 판별하다가 나중에는 창문 수를 기준으로 세금을 매기니 시민들이 창문을 줄이거나 아예 없애버렸다. 세금이 주거환경을 열악하게 만든 선례다. 반대의 경우도 있다. 18세기 초 상트페테르부르크(St. Petersburg)를 건설하는 등 러시아 근대화를 이끈 표트르 대제는 서구문물을 적극 수용하겠다는 뜻으로 국민들에게 수염을 깎도록 했다. 처음엔 격렬히 저항하던 국민들이 수염세가 도입되자 수염을 깎기 시작했다고 한다.

조세(租稅)라는 한자를 풀어보면 재미있다. 조(租)란 禾(벼 화)와 且(皿: 그릇 명)이 합쳐진 글자인데 곡식을 수확하여 조상 또는 하느님께 바친다는 것이고, 세(稅)는 禾(벼 화)에 兌(기쁠 열)이 합성된 글자로써 추수한 곡식을 기쁜 마음으로 바친다는 뜻이다. 물론 나는 기쁜 마음으로 세금을 납부한다는 사람을 아직 듣지도 보지도 못했다. 조세는 대가없이 강제로 징수하는 것이기 때문이다. 강제성이 있다는 점에서 자발적인 기부금과 구별되며, 업무와 관련된 접대비 또는 업무추진비와도 구분된다. 물론 형식은 기부지만 어쩔 수 없이 할 수밖에 없는 기부나 공과금 같은 준조세(準租稅)와도 구분된다.

경제학의 아버지라고 할 수 있는 애덤 스미스(A. Smith)는 그의 저서 국부론에서 효율성과 공평성이 있어야 바람직한 조세제도라고 했다. 프랑스 속담에 팔의 굵기에 따라 피를 뽑는다는 것은 공평성을 상징한 표현이다. 1789년 당시 인구의 2%에 불과했던 프랑스의 성직자와 귀족들은 토지를 독점하면서도 세금을 내지 않고, 농민들에게 전가하는 바람에 대혁명이 일어났다. 대혁명이 성공한 후 모든 시민에게 능력에 따라 평등하게 조세를 분담하기로 문서화 되었다. 그렇다고 고소득자에게 높은 세율을 매기는 것만이 능사는 아니다. 그 유명한 레퍼(Laffer)곡선은 적당한 선에서 세금을 징수해야지 과도한 세금은 오히려 세수를 줄일 수 있다는 점을 강조한다. 세율을 100%로 할 경우 납세자는 아예 일할 필요가 없으므로 조세 수입도 제로가 되기 때문이다.

영국엔 "요람에서 무덤까지 피할 수 없는 것은 세금이다."라는 속담이 있고, 독일엔 "거짓말 외에는 세금이 다 붙는다."라는 속담이 있다. 그만큼 우리는 평생 세금의 홍수 속에 살아가고 있다. 피할 수 없는 이 같은 운명에 순응하지 않으려는 것이 탈세(脫稅, tax evasion)이다. 탈세는 세율이 낮을수록, 적발확률이 높을수록, 한계 벌금액이 높을수록 감소한다고 한다. 국세청은 탈세사실을 입증할 수 있는 자료를 제공하면 포상금을 지급하고 있다. 포상금은 탈세자가 5천만 원 이상의 세금을 납부할 경우 금액에 따라 2~5% 수준에서 결정되며, 최대 30억 원까지 받을 수 있다. 또 2013년에는 5억 원 이상의 세금을 1년 이상 납부하지 않은 7천 213명의 고액·상습체납자들을 공개했다. 그들의 체납 세금만 무려 12조 원에 육박한단다.

오늘날 모든 조직이 그렇지만 정부도 돈(예산) 없이는 그 어떤 일도 하기 어렵다. 돈 벌기는 힘들어도 있는 돈을 쓰기는 쉽다. 세금 낸 사람은 말이 없는데, 세금도 내지 않으면서 쓰는 데에만 목소리를 높이는 사람도 있는 모양이다. 이제는 우리도 예산을 뒷받침해 주는 성실한 납세자에게 감사하며 존경하는 성숙한 사회가 되었으면 좋겠다.

사회주의를 표방하는 중국이 자본주의를 표방하는 우리나라보다 더 자본주의인 것처럼 비쳐진다고들 한다. 중국인들의 부자들에 대한 국민들의 인식도 후하고, 고액 납세자에 대한 존중도 남다르다고 하니 부럽기 짝이 없다. 영국 사람은 관공서에 청원서를 제출할 때 '납세자인 나는(I, taxpayer)'으로 시작한단다. 성실한 납세자로서의 자긍심이 묻어난다. 우리도 본받아야 할 대목이다. ♣

일하지 않는 자는 먹지도 마라

평소 알고 지내는 그룹 총수 한 분은 일에 있어 열심히 하는 것은 기본이고, 잘해야 한다고 늘 강조한다. 맞는 말이다. 그런데 열심히 하는 것도 힘든데 잘하기까지 하려면 평소에 얼마나 많은 준비와 노력이 필요할까? 반면에, 혹자는 일을 열심히 하는 것보다 일을 제대로 하거나 똑똑하게 하는 것이 중요하다고 역설한다. 그것 역시 맞는 말이나 둘 다 말처럼 쉽지만은 않은 게 문제다.

연세대학교 재단본부장으로 임명받은 지 얼마 되지 않았을 때의 일이다. 친분이 있는 모 교수가 축하 자리를 마련하고 이런저런 덕담을 해 주었다. 경영자의 자질은 머리가 좋은지 나쁜지와 부지런한지와 게으른지에 따라 머리 좋고 부지런한 사람, 머리 좋

가벼운 사색

고 게으른 사람, 어리석고 게으른 사람, 그리고 어리석고 부지런한 사람의 네 가지 유형이 있다면서 지휘관이나 최고경영자는 머리 좋고 게으른 사람이 되어야 한다는 것이었다. 평소 출근 시간이 이른 나를 두고 한 사심 없는 건의로 보였다.

인천상륙작전을 성공적으로 이끈 맥아더 장군도 이 점을 잘 알고 있었다고 한다. 최고경영자는 실무자처럼 바쁘게 일하는 것만이 능사가 아니라 시간을 충분히 갖고 정확한 판단을 하는 것이 더 중요하다는 것을 강조하는 것이리라. 당연히 그 교수의 견해에 동의했지만 그 이후에도 나의 출근시간은 별반 달라지지 않았다.

평생 새벽형 인간(early bird)으로 살아온 습관을 쉽게 바꿀 수 없었기 때문이다. 내가 일찍 출근하는 이유는 부지런함을 과시해서가 아니라 출근에 소요되는 시간을 절약하는 것이 우선이고, 출근한 후 아무런 방해 없이 조용히 생각을 정리할 수 있기 때문이다. 그래서 지금도 조기 출근을 즐기는 편이다.

어릴 때 나는 형제들에 비해 게으르다고 부모님께 야단을 많이 맞았다. 그런 탓인지 성인이 되고부터는 게으르지 않으려고 무던히 노력했다. 물론 게으름과 느림은 다르다. 여유를 갖고 일을 하면 주위 사람들에게 편안함을 주면서 효율적이기까지 하다. 하지만 일 없이 빈둥거리는 것은 게으른 것이다. 일이 싫거나 잘 안 풀리면 산책이나 운동을 하는 게 좋다. 잠으로 휴식을 취하는 것도 좋은 방법이다. 그것은 결코 게으른 것이 아니기 때문이다.

우리나라가 건전한 선진국이 되기 위해서는 건전한 노동관이 필요하다. 하루에 12시간 이상 일을 하는 것도 곤란하지만 아무런 노력 없이 부자가 되기를 바라거나 일확천금의 공짜만을 기대하는 것은 우리나라의 백년대계를 위해서도 위험한 일이다. 최근 모 중진 국회의원은 어느새 우리나라가 공짜 물결에 휘둘리고 있다며 복지정책의 신중함을 주장했다. 복지는 필요하지만 무조건적인 공짜는 본인은 물론이고 사회 전체를 멍들게 할 수 있다는 것이다.

대도시에선 취업난이 심각한데도 지방 중소기업은 오히려 구인난이 심각하다. 일자리가 있는데도 지방근무라든가 연봉이 적

다든가를 핑계로 실업 상태가 지속되기 때문이다. 일을 통해 즐거움을 찾고, 땀의 중요성을 느끼면서 살아가는 일은 인간에게 주어진 가장 큰 행복 중에 하나일 것이다. 성경에도 일하지 않는 자는 먹지도 말라고 하지 않았는가? ♣

북촌(北村), 현실과 상상의 해후

경복궁과 창덕궁이 품고 있는 북촌은 조선시대 왕족과 지체 높은 양반들이 살았던 곳이다. 수백 년의 세월이 흐른 지금도 조선의 숨결을 느낄 수 있어서인지 찾아오는 발길이 끊이지 않는다. 이제는 내국인보다 외국인들이 더 많이 찾는 명소가 되었다. 옛길을 걸으며 멋스러운 한옥들을 카메라에 담노라면, 문득 고택들에 담긴 이야기와 사연들이 궁금해진다.

안국역 2번 출구에서 현재의 감사원으로 이어지는 재동 길은 오래 전부터 북촌에 있던 길 중 하나지만 지금은 옛길이라 하기에는 차도가 넓고 눈에 들어오는 한옥도 많지 않다. 지금은 헌법을 수호하고 국민의 기본권을 지키겠다는 의지로 우뚝 서있는 헌법재판소가 이 길의 상징처럼 느껴진다. 헌법재판소 구내에는 백송(白松) 한 그루가 옛 세월을 증언이라도 하듯이 늠름하게 서 있다. 천연기념물 제8호인 서울 재동(齋洞)의 백송은, 키 15m 둘레 2m에 줄기가 두 갈래로 갈라져 V자 모양을 하고 서있다. 나이가 600년으로 추정되는, 우리나라에서 가장 오래된 백송이다. 원래 백송은 나무껍질이 큰 비늘처럼 벗겨져 흰빛이 돈다하여 붙여진 이름으로, 원산지는 중국 북부이고 우리나라에서는 희귀 수종으로 가꾸고 있는 소나무의 한 종류이다. 600년이나 된 어미 백송이 언제 생명을 다할지 몰라 옆에는 30년 남짓한 후계 아들 백송이 조용히 자라고 있다.

북촌의 앞마당 격인 재동이란 이름의 유래는 이렇다. 수양대군 세조가 1453년 계유정난 때 김종서·황보인 등을 이곳에서 죽였는데, 이로 인해 마을에 피비린내가 진동하게 되었다. 그러자 마을 사람들이 이를 덮기 위해 재(灰,회)를 뿌린 후로 잿골이라 불리게 되었으며, 이후 지금의 재동(齋洞)이 되었다고 한다. 아무튼, 그 후 세월이 흘러 이 백송은 연암 박지원의 손자인 박규수를 맞아들인다. 고관이면서도 뛰어난 학자였던 박규수는 백송을 옆에 두고 제자들과 함께 책도 읽고 토론도 하였을 것이다. 그러다가 조선 말 개화파인 홍영식이 이 집을 사서 이사를 오게 된다. 그러나 홍영식은 그 집에 오래 살지 못한다. 1884년 12월. 홍영식은 우정국의 총판으로서 개국 축하연을 연다. 바로 그날, 홍영식은 김옥균, 박영효 등 개화파들과 함께 일본식 부국강병을 꿈꾸

며 민 씨 정권의 인물들을 살해한다. 바로 갑신정변이다. 그러나 쿠데타는 3일 천하로 끝나고, 홍영식은 처참하게 죽고, 집은 약탈 당하고 재산은 조선정부에 몰수된다. 그때 미국 선교사 알렌(H. N. Allen)은 우정국에서 목에 칼을 맞은 민영익을 서양의술로 치료하여 회복시키고 고종의 신임을 얻게 된다. 이듬해인 1885년 3월에 고종은 알렌의 부탁을 받고 뼈대만 남아있는 그곳을 우리나라 최초의 병원으로 허가한다. 바로 죽은 홍영식의 집터이다. 예전의 고관저택인 망자(亡者)의 한옥은 사라졌지만, 광혜원(廣惠院)이라는 이름으로 재탄생하게 된 것이다. 그리고 12일 후 제중원(濟衆院)으로 또 한 번 이름이 바뀐다. 이것이 훗날 세브란스병원의 전신이다.

헌법재판소의 북서쪽 재동 35번지에는 박규수 집터 표지석과 제중원터임을 가리키는 표지석, 그리고 백송이 언제나 관광객들을 반겨준다. 나도 그곳에서 잠시 생각에 잠겨본다. 그때 제중원의 한옥은 어땠을까. 가정집이었던 한옥이 지금은 더 커지고 별채와 행랑채도 갖춘 저택이 되었다. 아름다운 꽃나무들이 서로 인사하고, 기와와 나무가 어우러진다. 가까이에는 경복궁이 안아주고 멀리는 북악산이 품어줘 따뜻하고 아늑하다.

그러나 때가 되면 모두 변하는 것일까? 1887년 제중원은 재동을 떠나 구리개(현재 을지로 입구)로 옮겨가고 그 집은 새 주인을 맞게 된다. 바로 경기여고의 전신이다. 병원이었던 한옥은 기숙사로 사용된다. 해방 이후에는 경기여고가 옮겨가고, 다시 창덕여고가 들어온다. 6·25 전쟁 때는 미8군이 사용하기도 했다. 그러다가 1993년부터는 헌법재판소가 자리를 잡았다.

이 모든 사실을 백송은 아는지 모르는지 반송(盤松)과 곰솔(黑松)을 포함한 다양한 나무들 속에서 오늘도 말없이 생각에 잠겨 있다. 서양 의학이 싹을 틔우기 시작했던 재동의 한옥, 제중원에서는 조선과 서양이 만나고, 병자와 의사가 만나고, 과거와 현재가 만났다.

그러나 지금 그 한옥은 사라진 지 오래고, 대신 우람한 현대식 헌법재판소가 그 자리를 지키고 있다. 이제 다시는 그 옛 집의 아름다움을 볼 수 없으나, 여전히 재동 35번지에 서게 되면 옛 사람의 숨소리가 들리는 듯하다.

　북촌 기행은 바로 현실과 상상의 해후(邂逅)이다. 오늘도 필자는 재동(齋洞)의 길목에서 130년 전의 한옥을 상상해 보는 즐거움을 만끽한다. ♣

아프리카 희망봉에서

미지의 세계는 언제나 나의 가슴을 설레게 한다. 그 설렘이 좋아 나는 자주 여행을 떠난다. 이번 여행은 남아프리카공화국이었다.

남아공은 남반구에 위치해 계절이 우리나라와는 정반대이다. 8월 여름에 갔으니 남아공은 겨울인 셈이다. 인구는 약 5천만 명(백인 약 15%, 흑인 약 75%, 유색인 약 10%)으로 남한과 비슷하나, 국토는 우리나라의 12배나 된다. 독특한 것은 한 나라의 수도가 프리토리아(행정수도), 케이프타운(입법수도), 블룸폰테인(사법수도)의 3곳에 각각 분산되어 있다는 점이다. 또한 우리가 잊지 말아야 할 것은 6·25전쟁 때 1개 비행중대를 파병해준 사실이다.

남아공으로 입국하는 관문은 요하네스버그(Johannesburg)이다. 1886년 금광의 발견으로 건설된 도시이나, 관광측면에서는 경쟁력이 없는지 하룻밤만 자고, 일행은 동부의 항구도시 더반(Durban)으로 직행했다. 더반이란 도시는 우리나라와 인연이 많은 곳으로, 권투 선수 홍수완이 세계챔피언 타이틀을 획득한 것을 비롯하여, 2010년 남아공 월드컵에서 16강을 확보했으며, 특히 IOC가 2018년 동계올림픽 개최지로 우리나라 평창을 결정한 잊지 못할 도시이기도 하다.

다음날 더반을 떠나 아프리카의 최남단 도시인 케이프타운에 도착했다. 1497년 포르투갈 탐험가 바스코 다 가마(Vasco da Gama)가 이곳에 항로를 개척하자, 포르투갈 왕은 'Cape of Good Hope'란 이름을 붙였다. 머나먼 인도에서 향신료와 차를 실어 오던 유럽 선원들이 이곳을 지나면 고향이 멀지 않았다는 희망을 갖게 하라는 뜻이란다. 직역하면 희망곶인데, 우리나라는 희망봉으로 잘못 알려져 있다. 케이프타운은 훗날 네덜란드 동인도회사의 동양무역 기지를 거쳐 네덜란드 농부를 뜻하는 보어(Boer)인의 자치국이 된다. 다시 1815년에는 영국의 식민지가 되었다가 1910년 영연방 남아공이 되어 오늘에 이르고 있다.

케이프타운은 '아프리카의 유럽'이라는 별칭을 갖고 있다. 인도양과 대서양의 바닷물이 만나 넘실대는 해변을 따라 서 있는 부호들의 별장이 이를 증명한다. 더구나 네덜란드식 부둣가 워터프론트(Water Front)에서 시원한 바람을 맞고 있노라면 화려한

조명 아래 거리의 악사는 흥을 돋우고 젊은이의 낭만과 사랑은 밤늦도록 무르익는다. 비록 내가 머문 기간은 커피 한 잔 마시는 시간에 불과했지만, 그래도 참 잘 왔구나 하는 생각이 절로 드는 곳이었다.

식탁 모양을 하고 있다고 해서 이름 붙여진 테이블 마운틴 (Table Mountain, 1,087m)은 케이프타운의 얼굴이다. 산 정상에는 3km가 넘는 '하늘 정원'이 펼쳐져 있다는데, 우리 일행은 아쉽게도 이 멋진 광경을 보지 못했다. 정상으로 오르는 케이블카가 마침 연중 정기 점검 기간이라 운행하지 않는다는 것이었다. 아쉬운 마음을 달래려 대안으로 시그널 힐스(Signal Hills)에 올랐는데, 감탄사가 절로 났다. 시그널 힐스에서 바라보는 웅장한 테이블 마운틴과 시내 전경, 그리고 수평선 너머로 지는 석양은 나의 가난한 언어로는 도저히 표현해낼 수 없는 장관이었다.

해변으로 돌면 넘실대는 파도가 끊임없이 관광객들을 유혹한다. 바닷물은 맑디 맑고, 그 속에는 다시마며 멍게 등 해산물이 풍부하다고 한다. 한때는 우리 교민들이 심심풀이로 해초류를 따 향수를 달래기도 하고 식탁도 풍성하게 한 모양인데, 최근에는 환경보호 차원에서 엄격히 단속한단다.

케이프타운에는 세계 7대 식물원의 하나인 커스텐 보시공원 (Kirstenbosh Park)이 있다. 1913년에 개원한 이 식물원은 남아공에서 자생하는 식물만을 조성한 세계 최대의 야생식물원이다. 그 규모와 아름다운 조경 설계, 체계적인 관리방법 그리고 곳곳에 설치한 돌 조각품 등이 테이블 마운틴과 아름다운 조화를 이룬다.

떨어지지 않는 발걸음을 뒤로 하고, 우리 일행은 아프리카 최남단이자 대서양과 인도양이 마주치는 희망봉으로 향했다. 이번 아프리카 여행의 종착지였다. 팻말엔 이곳이 '아프리카 대륙의 서남단'이라고 적혀 있지만, 실제 최남단은 이곳에서 160km나 떨어져 있는 아굴라스곶(Agulhas Cape)이라고 한다. 더욱이 희망곶(Cape)은 있어도 희망봉(希望峰)은 눈 씻고 찾아봐도 없었다.

그리고 이 아름다운 케이프타운에는 아픈 역사의 흔적이 남아 있다. 바로 50년 넘게 지속되었던 아파르트헤이트(Apartheid)라는 인종차별의 흔적이다. 즉 인종을 백인, 흑인, 컬러드, 인도인의 네 등급으로 나눠 거주 지역을 한정하고 집 담장 색깔도 흰색으로만 칠하도록 하는 등 차별이 상상을 초월할 정도였다고 한다. 그러다가 1990년 2월 인종차별 정책이 철폐되자, 유색인(컬러드)들은 집 외벽을 초록, 노랑, 오렌지, 민트색 등 형형색색의 파스텔 빛깔로 칠하기 시작했단다. 소위 보캅지역으로 불리는 곳이다. 이렇게 흰색에서 컬러로 담장을 칠한 것은 백인에 대한 무언의 항의일 수도 있고, 차별한 자에 대한 용서도 되리라! 지금은 이 보캅지역이 마치 동화나라에 온 것 같은 느낌으로 세계 각국의 많은 관광객을 불러들이고 있다.

살아있는 영웅 만델라(Nelson R Mandela)는 27년간 옥살이를 하고도 "더 이상 아파르트헤이트는 없어야 한다. 그렇다고 남아

공이 분열되어서도 안 된다."고 강조하면서 흑백측 양 극단자들과 지속적인 대화와 설득으로 오늘의 남아공 민주주의를 관철시켰다. 이러한 공로로 1993년 드 클레르크와 함께 노벨평화상을 받았고, 1994년에는 남아공 최초의 흑인 대통령도 되었다. 마침내 한 영웅의 힘으로 350여 년에 걸친 인종분규가 종식된 것이다. 케이프타운 관광 때, 마침 만델라가 입원한 병원 앞을 지나게 되었는데, 취재기자는 물론이고 수많은 시민들이 그의 쾌유를 비는 것을 목격할 수 있었다.

늦은 감이 있지만 우리나라에도 영웅을 만드는 아름다운 풍토가 조성되었으면 하는 바람을 가져본다. 아픔과 상처를 용서와 사랑, 긍정의 힘으로 슬기롭게 극복한 역사의 현장은 오랫동안 나의 뇌리에서 잊혀지지 않을 것 같다. ♣